语 文 新 课 标 必 读 丛 书

福尔摩斯探案选集

（英）柯南·道尔 / 著

余良丽 / 主编

知识出版社
Knowledge Publishing House

图书在版编目（CIP）数据

福尔摩斯探案选集 /（英）柯南·道尔著；余良丽
主编. -- 北京：知识出版社，2015.6
（语文新课标必读丛书）
ISBN 978-7-5015-8627-1

Ⅰ.①福… Ⅱ.①柯… ②余… Ⅲ.①侦探小说-小
说集-英国-现代 Ⅳ.①I561.45

中国版本图书馆CIP数据核字（2015）第137277号

福尔摩斯探案选集

出 版 人	姜钦云	
责任编辑	周水琴　万　卉　王茜芷	
装帧设计	游梽渲	
出版发行	知识出版社	
地　　址	北京市西城区阜成门北大街17号	
邮　　编	100037	
电　　话	010-88390659	
印　　刷	南昌市红星印刷有限公司	
开　　本	650mm×920mm　1/16	
印　　张	12	
字　　数	170千字	
版　　次	2015年6月第1版	
印　　次	2020年4月第7次印刷	
书　　号	ISBN 978-7-5015-8627-1	

定　　价　26.00元

读书不仅是一种示范，更是一种引领。

我为什么需要文学？

我想用它来改变我的生活，改变我的环境，改变我的精神世界。

——巴　金

语文新课标必读丛书编选特色介绍

本套语文新课标必读丛书依据"新课标"整理。在编选过程中，我们去掉了原著中晦涩难懂的内容，保留了那些最经典的故事情节；我们用下划波浪线标注出精彩的词句，便于广大学生反复诵读和借鉴；有些难以理解的词语，我们都做了注释，能帮助广大学生更好地理解文意。

希望本套丛书能够带给广大学生美好的阅读体验，让他们在阅读的旅途中看到美景无限，收获多多。

◎最权威的无障碍阅读范本

——设置字词释义、批注点评、导读赏析、知识与考点等板块

教学一线名师结合实际教学重点、难点和高频考点，扫清学生在生难字词、阅读理解、感情思考等方面存在的阅读障碍，让每个学生彻底读透名著！

◎"新课标"推荐经典阅读书目

——素质阅读与教学考试相结合

所选作品部部精品，权威编译，引领学生们感受不朽经典的语言魅力，树立广阔的阅读视野与卓越的欣赏品读能力，在潜移默化中提升整体语文素养。

◎最受广大师生欢迎的名著读本

——全国名校班主任、语文老师和广大学生极力推荐

在全国多所名校进行师生试读体验，根据广大师生的意见和建议进行了多次反复修改而最终成书，被评为"最受师生欢迎的名著读本"！

附：名著阅读专项规划方案

阅读阶段	阅读要点	新课标必读推荐	阅读量与阅读方法
第一阶段	流畅阅读阶段（7~8岁）。在这个阶段里学生的知识、语法和认知能力是很有限的，所以阅读的内容不应复杂。	《唐诗三百首》《成语故事》《稻草人》《中华上下五千年》《木偶奇遇记》《伊索寓言》	读4~8本名著（兼顾中外），以简单与兴趣阅读为主，每周不少于6小时，以便从小养成良好的阅读习惯。
第二阶段	获取知识阶段（9~13岁）。在低年级阶段可以阅读不必专业知识辅助就能够理解的书籍；高年级阶段需要增加阅读的复杂性，以提高知识的积累。	《西游记》《水浒传》《三国演义》《海底两万里》《城南旧事》《鲁滨孙漂流记》《汤姆·索亚历险记》《安徒生童话》《格林童话》	阅读不低于8~15本左右的名著。应遵循由浅入深的原则，逐渐提高整体的鉴赏能力。精读3种名著，每周不少于6小时。
第三阶段	多角度了解人生阶段（14~18岁）。从一个初级阅读者逐渐成为一个成熟的阅读者。积累知识，提高自己的理解与思考能力，形成个人的认识。	《骆驼祥子》《童年》《简·爱》《钢铁是怎样炼成的》《假如给我三天光明》《老人与海》《朝花夕拾·呐喊》	这一阶段是人生品质形成的重要时期，结合整体素质品质（如意志、乐观、尊严等），进行重点阅读，以形成分析、思考、综合判断能力。每周阅读不少于6小时。

名师导航

认识作者

阿瑟·柯南·道尔（1859～1930），英国杰出的侦探小说家、剧作家，被称为"英国侦探小说之父"，也是享誉世界的侦探悬疑小说大师，是世界最著名的畅销书作家之一。

柯南·道尔出生于英国苏格兰的爱丁堡，在爱丁堡大学获得医学博士学位后行医十余年，其间对写侦探小说产生了兴趣。1886年，他完成第一部长篇小说《血字的研究》，这部作品几经退稿才得以发表。不久他又写出《四签名》，大受读者欢迎，塑造的福尔摩斯大侦探形象也逐渐为读者所接受。1891年，他弃医从文，专职写作，相继创作出了一系列短篇小说，汇集成《冒险史》。1894年，他决定停止写侦探小说，于是在《最后一案》中让福尔摩斯在激流中死去。不料广大读者对此很是愤慨，提出抗议，柯南·道尔只得在《空屋》中让福尔摩斯复活。随后又写出了《巴斯克维尔的猎犬》《归来记》《恐怖谷》等侦探小说。

地位与影响

侦探小说在今天的世界文学史上占有一个重要的位置，这不能不归功于柯南·道尔的努力。在他之前，也有一些作家涉及侦探题材，如爱伦·坡、查尔斯·狄更斯，但他们写的侦探小说或者是其文学创作中的副产品，或者还没有形成独特风格。但柯南·道尔不同，侦探小说是他文学创作的重头戏，福尔摩斯探案系列的故事结构、推理手法和奇巧的构思都给该类题材的小说树立了范本，开创了侦探小说流派，这影响了后来的很多侦探小说家。

柯南·道尔被称为"英国侦探小说之父"，世界最著名的畅销书作家之一，这不仅是因为柯南·道尔这一系列作品成书早，风行久远，更重要的是，那么多的大小案件，鲜有不成功或太牵强的设计，反倒是有很多的创意成为后世模仿的对象。福尔摩斯与华生这一对搭档，以华生衬托"神探"的形象，都成为后世侦探小说的常用模式。

福尔摩斯探案系列问世后广为世界各国人民所喜爱，是近百年来世界上最畅销的书之一。而福尔摩斯这个人物形象也深受全世界青少年的喜爱，在中国，《福尔摩斯探案全集》是译本最多、销量最大的外国文学作品之一。

如今，福尔摩斯的时代离我们已经很遥远了，但福尔摩斯的侦探经验和方法至今仍有一定的借鉴意义，柯南·道尔的作品除了给人文学上的享受，在司法领域中也常常给人有益的启示。

主要艺术形象

歇洛克·福尔摩斯：充满智慧、思维敏捷、才华横溢、性情孤傲、淡泊名利。

"我"：华生医生。老实、忠诚，有丰富的医学知识，是福尔摩斯的得力助手。

雷斯垂德：职业警察。才能平庸，自以为是。

杰弗逊·侯波：《血字的研究》一案中的凶犯，一位矿工。机智勇敢、正直善良，对爱情忠贞不渝，疾恶如仇。

倍波：《六座拿破仑半身像》一案中的嫌犯，工人。精明能干但品质恶劣，爱小偷小摸、惹是生非。

目　录

导 读

军医出身的华生搬进了神探福尔摩斯的公寓，成了福尔摩斯的助手。此时一起凶杀案发生了，案情扑朔迷离。福尔摩斯先生如何运用自己非凡的智慧和神奇的推理能力快速破案呢？让我们跟随着福尔摩斯的脚步，一同进入惊险的凶案现场……

1878年，我在伦敦大学获得医学博士学位，又进修了军医的必修课程，之后便被派往驻扎在印度的诺桑伯兰第五明火枪团担任军医助理。

不久，阿富汗战争爆发了，我所属的部队奉命挺进敌境。我们跋山涉水，到达了坎大哈。

我们参加了迈旺德大决战。在一次战斗中，我肩部中弹，受伤倒地，被勤务兵摩瑞救起。由于伤势严重，我被辗转送往波舍尔的后方医院接受治疗。

很不幸的是，就在我伤愈即将归队时，却染上了当时印度属地可怕的流行病伤寒。等到伤寒病痊愈时，我已瘦得只剩下一副骨头架子了。由于身体极度虚弱，经过医生会诊，医院决定立即送我回国（开头以简洁的语言交代了华生的出场，军医身份对后文他做福尔摩斯的助手和忠实伙伴做了铺垫）。

回国后，政府给了我九个月的假期，让我疗养。我来到伦敦，住在

1

河滨马路上的一家公寓里，过着既不舒服又非常无聊的生活。大都市的生活开销大，我收入又很低。很快，我的经济状况变得令人恐慌起来，于是，我决定离开这家公寓，另找一个花费不大的房子住。

这天，我正在街上行走，突然碰上了多年前的一个老相识小斯坦弗，我们两个人都十分惊喜。

当我向小斯坦弗说出我打算搬家的决定后，他高兴地说："太巧了！我认识一位福尔摩斯先生，他嫌房租高，正好让我给他找一个人合租房子。我这就带你去找他吧。"

在小斯坦弗的带领下，我们很快找到了福尔摩斯先生。他身材瘦长，目光锐利，方下巴，细长的鹰钩鼻子，显出一副机警果断和沉稳老练的神情。合租住房的事，我们一拍即合。

我和福尔摩斯先后搬进了贝克街221号乙公寓里，我们两个人合租了二层楼上的一套两室一厅。

福尔摩斯是个颇具神秘色彩的人物，他为人沉静，精力旺盛。有时，他整天埋头于化验室或解剖室里，两手总是斑斑点点地沾满墨水和化学药品。但有些时候，他又一反常态，从早到晚一直躺在沙发上一言不发。这令身为医学博士的我深感莫名其妙——他不像是在研究医学（简单交代了福尔摩斯的性格和工作状况，为下文的展开做好铺垫）。

终于，有一天我们一起讨论他在杂志上发表的一篇关于观察和推理的文章时，他提到了自己的职业。他说："我就是靠观察和推理生活的人，我是一个'咨询侦探'。"

正当我们将讨论的话题继续引向深入时，从楼下上来一位稳健庄重、留着短短的络腮胡子的中年人。他交给福尔摩斯一封信，就转身下楼了。令我吃惊的是，在这个人上楼之前，福尔摩斯就凭着超凡的洞察力和推断力说出了他的身份；送信人的回话证明，福尔摩斯关于观察和推理的论断令人信服。

福尔摩斯接信一看，是伦敦警察厅著名侦探葛莱森写的。原来，昨晚在劳瑞斯顿花园街 3 号发生了一起凶杀案，因案情复杂，葛莱森恳请福尔摩斯亲临现场勘察，帮助他们破案（由"原来"一词引出案情回顾）。

一分钟后，我们便乘坐一辆马车，迅速驶往出事地点。

当马车驶到离出事地点还有 100 码（1 码 =0.9144 米）左右时，福尔摩斯坚持要下车。马车只好停住，我和福尔摩斯缓慢地朝劳瑞斯顿花园街 3 号步行而去。

劳瑞斯顿花园街 3 号是座空宅，临街的三排玻璃窗上贴着"招租"的帖子。空宅前有一个花园，其间草木丛生，把房子和街道隔开。小花园中间有一条用黏土和石子铺成的黄色小径。昨天晚上下了一夜的雨，到处泥泞不堪。

福尔摩斯并未急于进屋，他在人行道上走来走去，一会儿注视着地面，一会儿又凝望着天空和对面的房子以及矮墙上的木栅栏，好像在想着什么。

接着，福尔摩斯仍然不紧不慢地从人行道旁边的草地上走上花园小径。他低下头，目不转睛地察看小径上那些杂乱的脚印（动作和神态的描写，写出了福尔摩斯谨慎细心、沉着冷静的性格）。

这时，从房子门口那边疾步走过来一位头发浅黄、脸色白皙的高个子男人，他一只手拿着笔记本，另一只手老远就向福尔摩斯伸过来。他就是葛莱森。

葛莱森紧紧地握住福尔摩斯的手，兴奋地说："你来了，实在太好了，这里的一切都保持原状。"

"可那个除外！"福尔摩斯用另一只手指着那条被踏得稀烂的小径说，"你准以为已得出了结论，才允许别人这样的吧！"葛莱森不好意思地低下了头。

福尔摩斯简单地问了葛莱森几句有关案件调查情况的话后，便大踏步走进房中，径直向案发地点餐厅走去。餐厅是一间方形大屋子，门对面有一个壁炉，炉台的一端放着一段红色蜡烛头。屋里只有一扇窗户，光线昏暗（炉台上的红色蜡烛头是个重要线索，下文将再次提到）。

死者躺在地板上，看上去有四十三四岁，中等身材，宽肩膀，黑色鬈发，短硬的胡须。身上穿着厚厚的黑呢礼服上衣和背心，装着洁白硬领和袖口，浅色裤子，身旁地板上有顶礼帽。死者紧握双拳，两臂伸张，双腿交叠，一副到死挣扎的样子。

福尔摩斯走到尸体前，跪下来全神贯注地检查着。

"你们肯定他身上没有伤痕吗？"福尔摩斯一边问，一边用手指着周围的血迹。

这时，站在一边的葛莱森和另一个侦探雷斯垂德异口同声地说道："确实没有。"

"那么，这些血迹一定是另一个人的喽，也许是凶手的。"福尔摩斯一边说，一边用手解开死者的纽扣仔细检查。

最后，福尔摩斯俯下身，用鼻子嗅了嗅死者的嘴唇，又侧过头看了看死者漆皮靴子的靴底。

检查完毕，福尔摩斯又仰起脸问葛莱森："尸体一直没有动过？"

"除了我们进行必要的检查外，再没有动过。"葛莱森肯定地回答。

福尔摩斯说："现在可以把尸体送去掩埋了。"

当四个抬担架的人抬起死尸时，一枚戒指从死者身上滚落到地板上。雷斯垂德立即上前捡起戒指，莫名其妙地看着。

"一定有个女人来过，这是一只女人的结婚戒指。"雷斯垂德一边叫着，一边把戒指拿给大家看。

葛莱森转过身，蹙着眉头对福尔摩斯说："这样一来，这案子就更复杂了。"

福尔摩斯不以为然地说："你怎么知道这只戒指就不能使案子更清楚一些呢？你在死者的衣袋里查出什么来了（通过两人的对话，凸显了福尔摩斯的冷静和机智）？"

"都在这儿！"葛莱森转身指着楼梯附近一小堆物品说，"金表、金链、金戒指、金别针，还有名片夹，里面有印着克利夫兰·伊瑙克·丁·瑞伯的名片。此外还有两封信，一封是寄给瑞伯的，一封是寄给斯坦节逊的。”

“两封信？”福尔摩斯机警地问。

葛莱森肯定地回答：“两封信！都是从盖恩轮船公司寄来的，内容是通知他们的轮船从利物浦开航的日期。看来，这个倒霉的家伙是要回纽约去的。”

当福尔摩斯得知葛莱森已着手调查斯坦节逊，并跟克利夫兰方面联系过，正要对他说些什么时，雷斯垂德得意扬扬地走过来，说有了重大发现。

“到这里来！”雷斯垂德领着人们来到墙角前，他在靴子上划燃了一根火柴，举起来照在一大片墙纸剥落的地方。在这处没有花纸的墙上，有一个用血写成的字“Rache”。

雷斯垂德认为写字的人是要写一个女人的名字“瑞契儿”（Rachel），因故没来得及写完。“等案情全部弄清后，你们一定会发现有个名叫‘瑞契儿’的女人与此案有关。”他自负地说。

福尔摩斯对雷斯垂德的分析不以为然，他很快地从口袋里拿出一个卷尺和一个很大的圆形放大镜，向墙根走去。

他非常仔细地测量了墙壁上每一处痕迹间的距离，又用放大镜把墙上的血字一个字母一个字母地观察了一遍，并从地上捏起一撮灰色尘土放到一个信封里。

之后，福尔摩斯对两个侦探说：“我打算和发现这具尸体的警察谈一谈。你们可以把他的姓名、住址告诉我吗？”

雷斯垂德说：“他叫约翰·兰斯，现在下班了。你可以到肯宁顿花园路，奥德利大院46号去找他。”

福尔摩斯用笔记下了地址，回头叫我和他一块儿去找兰斯。

临走前，他又转身对两个侦探说：“据我观察分析，这是一件谋杀案。凶手是个高个中年男子，穿着一双粗皮方头靴子，右手指甲很长，抽的是印度雪茄烟。他是和被害者一同乘坐一辆四轮马车来的（这几句话是福尔摩斯在仔细观察了凶案现场后得出的结论）。"

雷斯垂德露出一种表示怀疑的微笑，问道："如果这人是被人杀死的，那么凶手是用什么手段谋杀他的呢？"

"毒死的，"福尔摩斯斩钉截铁地说完后，大踏步走到门口，然后又回过头来补充道，"在德文中，'Rache'这个字是复仇的意思，所以，雷斯垂德，别再浪费时间去寻找那位'瑞契儿小姐'了。"

说完，福尔摩斯转身就走，两位侦探却站在原地，呆若木鸡，半天回不过神来。

我们离开劳瑞斯顿花园街 3 号的时候，已是午后一点钟了，福尔摩斯同我到附近的电报局去拍一封内容很长的电报，然后，我们坐上一辆马车，直驱奥德利大院。

在马车上，我问福尔摩斯："你怎么知道凶手和被害者是坐四轮马车到那里的？"

福尔摩斯回答说："一到那里，我首先便看到在马路沿旁有两道马车车轮的痕迹。由于昨晚下雨了，在这之前的一个星期都是晴天，所以，这个深深的马车轮迹一定是在昨天夜间才留下的。"

我不禁又问："凶手在逃走之前为什么要在墙上写下德文'复仇'呢？"

我的同伴福尔摩斯告诉我，雷斯垂德发现的那个血字，并不是德国人写的。真正的德国人写出的字常常是拉丁字体。所以只能说明血字出自一个模仿者的手，企图把警察引入歧途罢了（再次告诉我们，作为一名侦探，具有丰富的知识是多么重要）。

在我们谈话的时候，车子不知不觉来到一条巷子的入口。车夫停了车，告诉我们："那边就是奥德利大院。"他指着一片黑色砖墙之间的狭窄胡同说，"你们回来时，到这里找我。"

我们走过一条小胡同，来到一个石板铺地的方形大院，这就是奥德利大院。我们找到 46 号，门上钉着一个小铜牌，上面刻着"兰斯"字样。

当兰斯得知我们的来意后，他让我们在小客厅的沙发上坐了下来。他很愿意把一切告诉我们。

他说："我当班的时间从晚上十点起到第二天早上六点。夜间两点左右，我来到劳瑞斯顿花园街巡逻，忽然发现那座空房子的窗户里闪闪地射出了灯光。我鼓起勇气走过去，推开门，只见壁炉台上点着一支红蜡烛，烛光下的地板上却躺着一具死尸。我赶紧走到大门口，却发现一个连脚都站不稳的大个子醉汉靠着栏杆，他放开嗓门，大声唱着小调。我吹响了警笛，三个警察应声而来。我和一个警察先把那穿棕色外衣的红脸醉汉扶到街上让他自己回家，然后再忙别的。"

我的同伴听到这里，站起身，戴上帽子，对兰斯说："昨夜在你手里的那个醉汉，就是这件神秘案子的线索，现在我们正在找他。看来你错过了一次高升的机会。"

我们坐着车子回去的时候，我情不自禁地问福尔摩斯："兰斯警官说的那个醉汉和你所想象的罪犯的特征正好吻合，但我不理解这罪犯为什么要去而复返呢？"

"戒指，先生。戒指，他回来就是为了这个东西。我们现在可以拿这个戒指当钓饵，让他上钩。"福尔摩斯胸有成竹地说。

揭开了前文中死者身上突然滚落的戒指的谜团。

下午，福尔摩斯去听音乐会，他回来的时候，晚饭早已经摆在桌上了。他一进门，便指着一张晚报对我说："今天上午我在好几家报纸上都登了广告，你看看吧。"

我打开报纸，看到"失物招领栏"的头一则广告写的是：

今晨在劳瑞斯顿街拾到结婚金戒指一枚。失者请于今晚八时至九时到贝克街 221 号乙处向华生医师洽领。

"请你不要见怪，"福尔摩斯解释说，"广告上用了你的名字。如果用我的名字，那些侦探也许就会识破，他们就要从中插手，造成不必要的麻烦（福尔摩斯的一番话，说明他有很强的职业素养）。"

7

"这倒没什么，"我有些为难地说，"不过，假如有人前来领取的话，我可没有戒指呀。"

"哦，有的，"福尔摩斯轻松地说，并顺手从衣袋内掏出一枚戒指交给我。他指着戒指说，"这个准能应付，几乎和原来的一模一样。"

"那么，你认为谁会来领取这枚戒指呢？"

"唔，就是那个穿棕色外衣的男人。如果他自己不来，他也会打发一个同党来的。"福尔摩斯肯定地说。

八点刚过不久，就听门铃大震。福尔摩斯轻轻地站了起来，把他的椅子向房门口移动了一下。我们听到女仆打开门闩的声音。

脚步声缓慢地沿着过道走了过来，接着就听见轻微的叩门声。

"请进！"我大声说。

应声进来的却是一位满面皱纹的老太婆，这让我们吃了一惊。

老太婆掏出一张晚报，用手指着那则广告说："我就是为这件事来的，先生们。那戒指是我女儿赛莉的，昨天晚上她去看戏，是和——"

"这是她的戒指吗？"我拿出戒指问她。

老太婆叫了起来："谢天谢地！这正是她丢的那枚戒指。"

我拿起一支铅笔问道："您住哪儿？"

"宏兹迪地区，邓肯街 13 号。"

"贵姓——"

"我姓索叶，我的女儿姓丹尼斯，她的丈夫叫汤姆·丹尼斯。"

"给你戒指，"我遵照我伙伴的暗示打断了她的话头说，"我很高兴，现在物归原主了。"

这个老太婆嘟嘟囔囔地说了千恩万谢的话以后，把戒指包好，放入衣袋，然后蹒跚地走下楼去。

她刚出房门，福尔摩斯立刻穿上大衣，系好围巾，匆忙中说："我要跟着她。她一定是个同党，她会把我带到凶犯那里去。你别睡，等着我。"

约莫深夜十二点钟，我才听到福尔摩斯用钥匙打开大门的弹簧锁的声音。他一进房来，我就从他的脸色看出，他并没有成功。

福尔摩斯告诉我说，那老太婆出门后没走几步，就叫了一辆过路的马车。看见老太婆上车以后，他也跟着跳上了马车后部。

快到邓肯街13号的门前时，福尔摩斯先跳下了马车。奇怪的是，马车夫把车停下来，打开车门，却没有人——老太婆不知什么时候已溜之大吉了。

他和马车夫到13号去询问了一下，那里住的却是一位裱糊匠，他从来没有听说过叫作什么索叶或者丹尼斯的人在那里住过。

福尔摩斯说完，我惊奇地问他："难道那个步履蹒跚的老太婆竟能瞒过你和车夫，在行车过程中跳车而逃吗？"

福尔摩斯厉声说道："咱们两个才是老太婆呢，竟受了人家这样的骗。他一定是个精明强干的小伙子，还是个了不起的演员，趁我不备，跳下车溜走了（表现福尔摩斯跟丢对手后的沮丧心情和对自己疏忽大意的自责）。"

第二天晚饭时，福尔摩斯和我一同读完了几家报纸刊载的所谓"劳瑞斯顿街奇案"的新闻。正在议论时，我们突然听到过道和楼梯上响起了一阵杂乱的脚步声。

"怎么回事？"我问道。

福尔摩斯煞有介事地解释说："这是侦缉队的贝克街分队。"话音未落，只见六个在街头流浪的顽童冲了进来。

"立正！"福尔摩斯厉声喝道。于是这六个小泥孩一条线地站立在那儿。"找到了吗？维金斯。"福尔摩斯问那个大一点儿的孩子。

"没有，先生。"那个孩子答道。福尔摩斯给了每个小孩一个先令。"好，现在去吧。以后报告时，只要维金斯一个人上来就行了。我等着你们带来好消息。"

福尔摩斯挥了挥手，这群孩子就像一窝小耗子似的下楼去了（用比喻手法形象地写出了孩子们的机灵和动作迅速）。

看着这群孩子散在街上的背影，福尔摩斯深有感触地说："这些小家伙什么地方都能去，什么事都能打听到，他们一个要比一打官方侦探还管用。"

"你是为了这件案子雇的他们吧？"

"是的。"福尔摩斯答道。

说话间，突然门铃一阵猛响，侦探葛莱森一头闯进了我们的客厅。

葛莱森兴高采烈地告诉我们，他已抓到了凶手。凶手叫阿瑟·夏朋杰，是皇家海军的一个中尉。福尔摩斯听完，不觉得微笑起来。

"那么，你是怎样得到线索的呢？"福尔摩斯问道。

"你还记得死者身旁的那顶帽子吗？"葛莱森反问。

"记得，"福尔摩斯说，"那是从坎伯韦尔路229号的约翰·安德乌父子帽子店买来的。"

葛莱森沮丧地说："啊，你也注意到了。那么，你到那家帽店去过没有？"

"没有。"

"哈！"葛莱森放下了心，"我找到店主，很快查到了这顶帽子是送到一位住在陶尔魁里的夏朋杰公寓里的住客瑞伯先生处的。这样我就去拜访了夏朋杰太太。"

葛莱森继续说："在我的追问下，夏朋杰太太告诉我，瑞伯和他的秘书斯坦节逊在她这里住了三个星期。瑞伯举止粗野、轻浮，对她的女儿爱莉丝也敢胡说八道，连他的秘书也骂他行为下流。由于夏朋杰太太舍不得放过这笔收入，一次又一次容忍了瑞伯的无理取闹。可最后一次，他闹得太不像话了，夏朋杰太太终于下决心把他撵走。不料，瑞伯不久又回来了，他喝了不少酒，说他没赶上火车。后来，他对爱莉丝又拉又扯，吓得爱莉丝又哭又叫。正在这时，夏朋杰太太的儿子阿瑟走了进来，他用大棒把瑞伯揍出大门，并追了出去。我问明夏朋杰太太她儿子的下落之后，就带着两个警察把他逮捕了。那小伙子供称，他追了一程之后，瑞伯发现了他，就坐上一部马车逃走了。他也就回家了。"

葛莱森说到这里，雷斯垂德突然进了屋。只见他神色慌张，愁容满面，心情沉重地说："那位秘书斯坦节逊先生，今天早晨六点钟左右在郝黎代旅馆被暗杀了（这突如其来的消息又把案情推入了迷茫的境地）。"

雷斯垂德带来的消息令在场的人都惊愕不已。福尔摩斯喃喃地说："斯坦节逊也被暗杀了，案情更加复杂了。"

雷斯垂德一面抱怨，一面在椅子上坐了下来。

葛莱森结结巴巴地问雷斯垂德："你……你这消息可靠吗？"他心里明白，他抓错了人。

雷斯垂德说："我刚从斯坦节逊的房间里来。我原以为瑞伯的被害和斯坦节逊有关，于是就着手侦查这位秘书的下落。"

雷斯垂德继续说："昨天，我一个旅馆一个旅馆地问，整整跑了一个晚上来打听斯坦节逊的下落，可毫无结果。今晨八点，我来到小乔治街的郝黎代旅馆，终于听说斯坦节逊就住在这里。

"'你一定就是斯坦节逊等候的那位先生了，'旅馆的招待对我说，'他已经等你两天了。'

"一位擦鞋的茶房领我上了三楼，并把斯坦节逊的房门指给我，转身就要下楼。

"我突然发现一条曲曲弯弯的血迹由那个房门下边流了出来，一直流过走廊，汇集到对面。我不由得大叫一声，茶房听到后，转身看见这个情景，吓得几乎昏了过去。

"房门是反锁着的，我和茶房用肩把它撞开，进入室内。屋内窗户开着，窗子旁边躺着一具男尸，身上穿着睡衣，蜷曲成一团。我们把尸体翻过来一瞧，茶房立刻认出，这就是那位叫斯坦节逊的房客。他身体左侧被人用刀刺得很深，一定是伤了心脏。还有一个最奇怪的情况：死者脸上用血写了'Rache'字样（预示了某种可能：这两名遇害者是被同一个人所杀）。"

雷斯垂德嘘了一口气，接着说："有个送牛奶的孩子看见过凶手。他去牛奶房时，偶然经过旅馆后面那条小胡同。这条小胡同是通往旅馆后面的马车房的。他看到平日放在地上的那架梯子竖了起来，对着三楼一个开着的窗子。

"这个孩子走过去之后，曾经回过头来瞧了瞧，碰巧看到一个人从梯子上下来，是个大个子，红红的脸，身上穿着一件棕色外衣。"

福尔摩斯问道："你在屋里发现什么可疑线索了吗？"

"没有。斯坦节逊带有瑞伯的钱袋，分文不少，看来绝不会是谋财害命。"雷斯垂德肯定地说。

福尔摩斯又问："再没有别的东西了？"

"没有什么重要的东西了。桌上放着一杯水，窗台上有个木匣，里面有两粒药丸。"

<u>福尔摩斯从椅子上猛地站了起来，眉飞色舞地大声说</u>（表明福尔摩斯快要揭开谜底的欣喜和激动）："我已经把每条线索都掌握在手中了，当然细节还有待补充。你把那两粒药丸带来了吗？"

"在我这里。"雷斯垂德说着，拿出一个小小的白匣子，交给了福尔摩斯。

福尔摩斯转向我说："华生，这是平常的药丸吗？"

我仔细看了看那珍珠似的药丸说："药丸透明且分量轻，我想它一定能在水中溶解。"

福尔摩斯对我说："请你下楼把房东太太那条病得要死的狗抱上来好吗？免得让它活受罪。"

我下楼把狗抱了上来。

福尔摩斯把一粒药丸切成两半，留下半粒，把另外半粒溶解在水里，然后兑上牛奶让狗舔干。可是很长时间，那条狗也没出现什么反应。

福尔摩斯失望地在屋里走来走去，想了一会儿，他突然又高兴地跑到药盒前，取出另一粒，切成两半，如法炮制，把加有半粒药丸的牛奶放在狗的面前。

这个不幸的小动物甚至连舌头还没有沾湿，它的四条腿便痉挛一般地颤抖起来，然后就像被雷电击毙一样，直挺挺地死去了。

原来，那小匣子里的两粒药丸，一粒是烈性毒药，另一粒无毒。案子越来越清楚了，同时也表明案情与阿瑟无关。福尔摩斯长长地嘘了一口气，擦了擦头上的汗珠。

正在这时，门外有人敲门，原来是街头流浪儿维金斯。维金斯举手敬礼说：“先生，请吧，马车夫已经喊到，就在下边。”

“好孩子。”福尔摩斯温和地摸了一下维金斯的头，满意地笑了笑。

接着，他从抽屉里拿出一副钢手铐，对维金斯说：“让马车夫来帮我搬箱子，去叫他上来。”

房间里只有一只小小的旅行皮箱，福尔摩斯把它拉了出来，忙着系箱上的皮带。我们不知道他要干什么，都愣愣地看着。这时候，马车夫走进屋来。

“车夫，帮我扣好这个皮带扣。”福尔摩斯屈膝在那里摆弄着皮箱，头也不回地说。

马车夫紧绷着脸，不大情愿地走向前去，伸出两只手正要帮忙。说时迟，那时快，只听见咔嗒一声，车夫的两个手腕被钢手铐紧紧地锁住了（福尔摩斯的漫不经心让马车夫措手不及）。

福尔摩斯跳起身来，两眼炯炯有神，大声说道：“先生们，让我给你们介绍一下杰弗逊·侯波先生，他就是杀死瑞伯和斯坦节逊的凶手！”

面对这一戏剧性的变化，在场的人都惊呆了，不知发生了什么事。这时，马车夫愤怒地大吼一声，挣脱了福尔摩斯的双手，向窗子冲去。

马车夫把窗框和玻璃撞得粉碎。正当他要钻出去的时候，葛莱森、雷斯垂德和福尔摩斯一拥而上，把他揪了回来。

一场激烈的打斗开始了，直到雷斯垂德用手卡住马车夫的脖子，使他透不过气来，他才明白挣扎已经无济于事了。

我们把马车夫的手脚捆好之后，才站起身来喘了一口气。

“他的马车在这里，”福尔摩斯说，“就用他的马车把他送到苏格兰场去吧。”他高兴地说，“这件案子，总算告一段落了。现在我欢迎各位提问，我不会拒绝回答（凶手终于落网，可以看出他成功的喜悦）。"

他继续说道："但还是听我讲一段故事吧。听完后，先生们，你们的问题或许都能找到答案——"

阅读鉴赏

在整个案件的侦破过程中，福尔摩斯的冷静、严谨和智慧，葛莱森的草率和平庸都给人留下了深刻印象。

在艺术手法上，本章在刻画人物形象、环境描写和情节安排上比较突出。如对福尔摩斯语言和行为的描写，很好地表现了一位天才侦探冷静、严谨的形象。在环境描写方面，如凶案现场屋外杂草丛生的花园、被踩得稀烂的小路，这些看似平常之笔，却处处透露出凶案的相关信息。情节安排方面，处处设置悬念。一方面福尔摩斯在悄悄地进行各种调查，一方面葛莱森又抓到了"凶手"，等到最后福尔摩斯抓到真凶时，令在场所有的人都大吃一惊，直呼精彩，这充分体现了作者高超的叙事技巧。

拓展阅读

福尔摩斯的知识范围

华生曾列过一张福尔摩斯知识面的清单：

1. 文学知识：无。

2. 哲学知识：无。

3. 天文学知识：无。

4. 政治知识：浅薄。

5. 植物学知识：不全面，对莨菪、鸦片和一切毒性植物很有研究。实用的园艺学则全不知道。

血字的研究（下）

导　读

被摩门教徒收养的女孩露茜与小伙子杰弗逊·侯波相识并相爱。然而，侯波是个异教徒，按照摩门教的规矩，露茜不能与他相爱，否则会有灭顶之灾。面对生与死的考验，这对苦恋中的年轻人该进行怎样的选择？等待他们的，又是怎样的命运呢？

在北美洲中部，有大片干旱荒凉的沙漠，这里寸草不生，人烟绝迹。从布兰卡山脉往下看，只见一条小路，弯弯曲曲地穿过沙漠，消失在遥远的地平线上。小路上到处散布着形状各异、阴森恐怖的人兽骨头。

1847年5月4日，一个孤单的旅客来到这里，他的脸庞憔悴瘦削，长长的棕色须发已经斑白，他手握着来复枪（一种比较重而且用起来不是很灵便的手持式枪械），看起来老朽不堪，已经精疲力竭。他来到一块突出的大石头的阴影下，把来复枪放在地上，又把背在右肩上的大包袱放了下来。

当他放下包袱时，由于着地很重，从这灰色的大包袱里传出了哭声，随即钻出一张幼嫩的脸，同时还伸出两个胖乎乎的小拳头。

他从灰色的大包袱里抱出一个美丽的小女孩。这个小女孩大约五岁，穿着一双精致的小鞋，漂亮的粉红色上衣，麻布围裙。她一边揉着脑后蓬乱的金黄色头发，一边焦急地问："妈妈去哪里了？"

"妈妈走了。"

"真奇怪，她还没有和我说再见呢。喂，嘴干得要命，难道这里吃的喝的都没有吗？"

"没有，什么也没有，亲爱的。不知道是罗盘还是地图出了毛病，我们再也没有找到河流。本德先生第一个走了，第四个就是你的妈妈。"

"这么说，妈妈也死了。"小女孩哭着说。

"对！他们都走了，只剩下你和我。咱们活下去的希望也很小了！"旅客说。

这时，在蓝色的天空下，飞来了三只褐色的巨雕。它们在这两个流浪人的头顶盘旋着，接着就落在他们上面的一块大石头上。

大人问女孩："做做祈祷，你说好吗？"

"那好吧。"小女孩把包袱平铺在地上，两个流浪者并排跪着开始祈祷。他们望着无云的天空，是那样的虔诚。

做完祈祷后，他们又重新坐到大石的阴影下，很快就沉沉入睡了。

突然，远处飞起一阵烟尘，滚滚而来的烟尘中，出现了帆布顶篷的马车和武装骑士的身影，原来这是一大队往西方进发的游牧民族队伍。

二十多个神情严肃的骑马人走在队列的最前面，他们穿着朴素的手工织布做的衣服，带着来复枪来到山脚下，他们停了下来，商议下一步的行动方向。

突然，一个年轻小伙子指着他们头上那片嵯峨（形容山势高峻、坎坷不平。嵯，cuó）的峭壁惊叫了起来。原来山顶上有件很小的粉红色的东西随风飘荡，在灰色的岩石衬托下，显得非常鲜明突出。

征得长者的同意，十几位年轻人翻身下马，沿着峻峭的山岩攀登上去。

他们到跟前一看，不禁惊呆了：在这荒山顶上的一小块平地上，躺着一个高大的男子和一位偎在男子怀里的小女孩，在他们头顶的岩石上，落着三只虎视眈眈的巨雕。

巨雕见来了这么一大群人，便发出一阵失望的啼叫，无可奈何地飞走了。巨雕的啼叫惊醒了这两个熟睡的人。他们睁开眼，惶恐地瞧着面前的人们，那个男子摇摇晃晃地站了起来。

来救他俩的人们，其中一个抱起小女孩，另外两个扶着那个瘦弱不堪的男子，一同向车队走去。

这个流浪者边走边向救他的人说："我叫约翰·费瑞厄，二十一个人里只剩下我和这个小东西了。你们是谁呀？"

"我们是摩门教徒。"那些人异口同声地说。

那些人把他们带到一个三十岁左右的领袖人物面前，这就是他们的先知。先知瞧着两个落难的人，正言厉色地说："只有信奉我们的宗教，我们才能带你们一块儿走。"

"我愿意跟你们走，什么条件都行。"费瑞厄回答道。先知便对身边一位壮年人说："斯坦节逊兄弟，你收留他吧，你还要负责给他讲授咱们的教义。"那位叫斯坦节逊的长老点头答应了。

安排好这一切后，先知在马上挥手喊道："动身吧，向郇山前进！"摩门教徒齐声呼应，催马前行，拖着烟尘又出发了。

费瑞厄和那个小女孩随摩门教徒最后在密西西比河沿岸的犹他山谷落脚。凭着勤劳和勇敢，他们很快就创建了自己的家园，城市初具规模，乡村麦浪万顷。

费瑞厄也获得了他的一份土地，建了一座坚实的木屋，他在他的土地上辛勤耕作和改良，他的田庄非常兴旺。十二年后，整个盐湖城（美国犹他州首府）地区，能够和他比肩的不到五六个人。

露茜·费瑞厄在这个木屋中长大了，她帮助义父处理一切事务。岁月使她的义父变成了农民中最富裕的人，同时，也使她成长为太平洋沿岸整个山区里一个有着罕见标志的美洲少女。

6月里的一个温暖的早晨，露茜奉义父之命，骑马前往城中办事。来到城郊时，她发现有六个面目粗野的牧人，赶着一群牛，把道路堵塞得不能通行。

牛群缓慢地拥挤前行，露茜在路旁等得不耐烦了，就朝着牛群中的空隙策马前进，但她刚刚进入牛群，就发觉自己已陷入了一片牛海之中。

突然，一头牛用角猛触了一下露茜的马的侧腹，马受惊狂跳，露茜只得紧贴马鞍，否则，稍一松手就要落在乱蹄之下，被踩得粉碎。

在这紧要关头，一只强劲有力的棕色大手，一把抓住了惊马的嚼环，并在牛群中挤出一条路。不大会儿工夫，就把她带到了牛群之外。

这位精明强壮的小伙子彬彬有礼地问露茜："小姐，但愿你没有受伤。"

她抬起头，瞧了一下他那黝黑而粗犷的脸，毫不在乎地笑了起来。

小伙子叫杰弗逊·侯波，他父亲与露茜的父亲还是好朋友。露茜非常感激侯波，邀请他有空到她家去，然后就互相道别。

"再见。"他一面回答，一面举起他那顶墨西哥式的阔檐帽，并低头吻了一下她的小手。

她掉转马头，策马扬鞭，在烟尘滚滚中沿着大道飞驰而去。

杰弗逊·侯波和他的伙伴们骑着马继续前进。这位美丽的少女，深深触动了侯波那颗奔放不羁的心和火山般喷发的激情。

当天晚上，侯波就去拜访了费瑞厄父女。这之后，他又去了许多趟。侯波很快就获得了费瑞厄的欢心。露茜那红晕的双颊、明亮而幸福的眼睛，都清楚地说明她已经喜欢上了侯波。

一个夏天的傍晚，侯波骑着马在大道上疾驰，向着费瑞厄家门口奔来。

露茜正在门口，她走向前去迎接他。他把缰绳抛在篱笆上，大踏步地沿着门前的小径走了过来。

"亲爱的，我要走了，最多两个月，"他说着，握着她的手，温柔地瞧着她的脸，"现在我不要求你马上跟我一块儿走，但是，当我回来的时候，你能不能决定和我走呢？"

"当然，只要你和父亲把一切都安排好了，那我就用不着多说了。"她一面轻轻地说着，并把她的面颊偎依在他那宽阔的胸膛里。

"感谢上帝！"他一面声音粗哑地说，一面弯下身去吻她，"那么，

事情就这样定了。再见吧，亲爱的，不到两个月，你一定能见到我。"

他一边说，一边翻身上马，头也不回地奔驰而去。她站在门旁，久久地望着他，一直到他的身影消失不见，她才进屋去（可以看出露茜对侯波的喜爱之情）。此刻，她觉得自己是整个犹他州最幸福的姑娘了。

一个晴朗的早晨，费瑞厄打算到麦田去。忽然，他听到前门的门闩咔嗒响了一下，他从窗口向外望去，只见一个身强力壮的中年男子沿着小径走了过来。

费瑞厄大吃一惊，因为来的是摩门教的大人物，先知卜瑞格姆·扬。他明白，这种访问对他来说是凶多吉少的。他诚惶诚恐①地出门迎接。先知对于费瑞厄的迎接表示非常冷淡，他板着面孔进了客厅。

"费瑞厄兄弟，"先知一面说着，一面坐了下来，两眼严峻地瞧着这个农民，"我今天是为了你的女儿才来找你谈话的。听说她已经和一个异教徒订婚了！她犯下了弥天大罪。"

先知继续说："这个问题可以考验你对摩门教的全部诚意。四圣会已经决定，叫你的女儿在斯坦节逊和瑞伯的儿子中选一个，你还有什么要说的？"

费瑞厄皱紧双眉，沉默了一会儿，说："您总得给我们一些时间啊。我的女儿还很年轻，她还不到结婚的年龄。"

"给她一个月的时间来选择，"先知说着站了起来。他走到门口，突然回过头来，眼露凶光，厉声喝道，"费瑞厄，你胆敢违抗命令，倒不如当年让你们父女都给我死在布兰卡山上的好！"

费瑞厄用肘支在膝头上，两手交于胸前，考虑着如何对女儿谈这件事。忽然，有一只柔软的手握住了他的手，他抬头一看就什么都明白了——露茜已经听见刚才那番谈话了。

"你不要惊慌，"他一面说，一面把她拉到身边，用他那粗大的手抚

---

① 诚惶诚恐：形容尊敬、服从或泛指心中有愧而恐惧不安。

摸着她那栗色的秀发，"咱们总能想出办法来的，你对那个小伙子的爱情不会淡薄下来吧？"露茜没有回答，只是紧握着费瑞厄的手，默默地啜泣着（动作和语言描写表现出父亲对女儿的疼爱和关怀）。

"不，当然不会，"费瑞厄关切地说，"他是一个有前途的小伙子。明天早晨盐湖城有人到内华达去，我准备给侯波送个信儿，他知道后一定会赶来的。"

露茜听了父亲的话，不禁破涕为笑。她说："他回来后，一定会给咱们想个万全之策的。可我担心的是你——爸爸，听说反对先知的人都会遭到可怕的灾难。"

费瑞厄回答说："咱们还有一个月的时间，期限一到，我想咱们最好是逃出这个地方。"

"可他们是不会放我们走的。"

"等侯波回来了，咱们就有办法了。"

第二天早晨，费瑞厄送完信后，怀着轻松的心情回来了。当他走进自己的田庄时，惊奇地看到大门两旁的门柱上各拴着一匹马。

他走进屋子，发现客厅里有两个年轻人。一个是长脸，躺在摇椅上，两只脚跷得高高的。另一个粗大丑陋，站在窗前，两手插在裤袋里，嘴里吹着流行的赞美诗。

费瑞厄进来的时候，他们向他点点头，躺在椅子上的那一个先开口道："这一位是瑞伯长老的儿子小瑞伯，我是斯坦节逊长老的儿子约瑟夫·斯坦节逊。"费瑞厄向他们鞠了一躬。

小斯坦节逊继续说道："我们是奉了父命前来向你女儿求婚的。我只有四个老婆，可小瑞伯已经有七个了，所以我的需要比他大。"

小瑞伯立即大声叫道："不对，不对。问题不在于咱们有多少老婆，而在于你我究竟能够养活多少。要知道，我比你有钱（对话描写，体现了两个情敌之间的竞争关系）。"

费瑞厄气愤地走到他们面前呵斥道："听着，我的女儿叫你们来，你们才能到这儿来。没有叫你们的时候，我不愿看见你们这副嘴脸。"

两个年轻的摩门教徒感到十分惊讶。在他们看来，他们争着向他的女儿求婚，应该是他们父女俩至高无上的荣耀。

"你这样子是自讨苦吃！"小斯坦节逊大声叫道。

小瑞伯也叫道："上帝的手要重重地惩罚你，他既然能让你生，也就能够让你死！"

"好吧，我就要你死给我看看。"费瑞厄愤怒地说。要不是露茜拉住他的胳膊，他会冲上楼去，拿出他的枪来。他还没有从露茜的手中挣脱出来，他们已夺门而逃。

第二天早晨，费瑞厄一起床就发现，在被面上，恰好在他胸口的地方，钉着一张纸条，上面写着："限你二十九天内改邪归正，到期则——"这是先知的警告。

日子就这样一天又一天地过去了，费瑞厄每天都能见到向他发出的期限警告。有时，这些数字写在小纸片上，贴在花园门或栅栏上；有时，天花板的中央和大门上也会出现这种数字。

一天早晨，房屋的墙上出现了一个"2"字，明天就是一个月期限的最后一天了。就在这天晚上，杰弗逊·侯波像蛇一样迅速无声地爬行着进了费瑞厄的家（比喻修辞的运用，体现了侯波的谨慎）。

"快给我吃的，"侯波声音沙哑地说，"两天两夜我来不及吃一口东西。"他狼吞虎咽地吃完，才问费瑞厄，"露茜可好吗？"

"很好，她并不知道这些危险。"

"那很好。这个屋子已被人监视起来了，所以我才一路爬进来。"

侯波接着说："今晚得赶紧走，否则就来不及了。我弄了一头骡子和两匹马，都放在鹰谷那里等着，咱们必须穿过大山到卡森城去。"

费瑞厄急忙去叫醒了露茜。

屋中的灯光早已全部熄灭，他们等到一片乌云使月色朦胧起来的时候，才一个跟着一个悄然越窗而出，他们来到花园篱笆的暗处。

他们沿着篱笆刚刚走到一个通向麦田的缺口，侯波突然一把抓住父女二人，把他们拖到阴暗的地方。很快，便有两个人影出现在缺口处。

"明天半夜，鸱鸮叫三声时下手。"其中一个人这样说。"告诉瑞伯兄弟，叫他再传达给其他的人。9到7！""7到5！"他们最后说的两句话，显然是一种暗号。

在脚步声刚刚消失的时候，杰弗逊·侯波立刻扶着他们父女穿过缺口，越过田地，上了大道。

他们很快奔逃到鹰谷，在一片乱石中拾路前行。沿着一条干涸的小溪，他们来到一个山石屏障着的僻静地。

三匹忠实的骡马都拴在那里。露茜骑上一匹骡子，老费瑞厄带着他变卖田产所得的钱，骑上一匹马。侯波骑上另一匹，沿着险峻的山道，月光引导着他们前进。

当他们行至一处最荒凉的地段时，发现在一块俯临山路的岩石上，孤零零地站着一个哨兵。哨兵发现了他们，叫道："9到7。"

"7到5。"侯波马上回了一句。

上面的人说："过去吧，上帝保佑你们。"过了这一关后，前面的道路就宽阔起来了。他们知道，他们已经闯过了摩门教区的边防要塞，自由就在前面了。

到了第二天中午，侯波发现不多的口粮眼看就要吃完了，为了不挨饿，他给费瑞厄父女生了一堆火取暖，然后背上来复枪，打算在附近打只野兽（体现了侯波对费瑞厄父女的关心和爱护）。

可是，附近没有什么野物。侯波继续前行，经过三个多小时的搜索，他终于猎获了一只野山羊。这时，暮色降临，他因此迷了路，又跋涉了几个小时，终于回到了父女俩停留的地方。

可是，快要熄灭的火堆旁既没有费瑞厄也没有露茜，连马匹也不见了。这个意外的打击，令侯波惊慌失措。

他到底是一个意志坚强的人，很快便从迷惘中清醒过来。他从火堆里捡起一段半焦的木柴，把它吹燃，借着这个光亮，把这个休息的地方查看了一番。地面上到处是马蹄践踏的印迹，他明白追赶者来过了。

突然，侯波发现不远处有一个新掘成的坟墓，上面插着一根木棒，木棒裂缝处夹着一张纸，纸上草草地写了几个字：约翰·费瑞厄，生前住在盐湖城，死于1860年8月4日。

侯波又到处寻找，看看是否有第二个坟墓，可是没有发现一点儿痕迹。露茜可能已被这帮可恶的追赶者带了回去。看来这一切都已无法挽回，他几乎绝望了。他悲痛至极，决心报仇雪恨。

第六天，侯波终于走出了鹰谷。他倚着来复枪，对着脚下这片安静而广袤的土地，狠狠地挥舞着拳头。后来，他发现在一些街道上挂着旗帜和其他节日的标志。

他正在猜测其中的原因的时候，只见一个人骑着马跑来。侯波认出这是一个名叫考拔的摩门教徒。侯波曾多次帮助过他，就叫住他，向他打听露茜的情况。

当这个摩门教徒认出这位衣衫褴褛、蓬头垢面的流浪汉就是侯波时，他不禁叫了起来："你疯了，竟敢跑到这里来。因为你帮助费瑞厄父女逃走，四圣会已经下令通缉你了。"

"露茜·费瑞厄怎么样了？"

考拔指着山下说："她在昨天和小瑞伯结婚了。新房上挂着的那些旗帜就是为了这个。可我昨天看见她一脸死气沉沉，哪里还像个女人？你要走了吗？"

"是的，我要走了。"杰弗逊·侯波说着已经站了起来。他的神情严峻而坚决，一双眼睛闪露着凶光。他背起武器，大踏步走进山谷，从那里一直走到大山深处——野兽出没的地方。

那个摩门教徒的预言果然应验了。不知是因父亲的惨死，还是由于被迫成婚而心怀愤恨的缘故，可怜的露茜一直萎靡不振，了无生趣，不到一个月，她便抑郁而死。

按摩门教的规矩，小瑞伯的妻妾们围坐在露茜的灵床边守灵。这时，室门忽然大开，一个衣衫褴褛、饱经风霜的男人闯了进来，使守灵人大吃一惊。

他弯下身来，在露茜的遗体那冰冷的额上虔诚地吻了一下，接着从她的手指上取下那只结婚指环，凄厉地叫道："她绝不能戴着这个东西下葬（体现了侯波对露茜的爱）。"当人们还没有反应过来的时候，他已经飞身下楼，倏然不见了。

此后的一天，一粒子弹嗖地穿过斯坦节逊的窗户，射在离他不到一尺远的墙壁上。

又有一天，当瑞伯从绝壁下经过的时候，一块巨石从他的上方落了下来。他连忙卧倒在地，方才逃脱了这场灾难。

他们终于弄清了被谋杀的原因。于是，他们领着人马，多次进入深山密林，打算捉住他们的敌人，然后把他杀死。但是他们一直没有成功。

于是，他们采取了谨慎的办法，绝不单独外出。天黑以后，更是足不出户。同时，又派人把他们的住宅严密地保卫起来。

侯波的仇恨越来越强烈了。他意识到，只有到内华达，他过去待过的矿上去，恢复体力，积聚金钱，才能继续追踪仇人。于是，他回到了内华达。

五年后，侯波又来到了盐湖城。不料，几个月前，摩门教内部发生过一次分裂，瑞伯和斯坦节逊一伙年轻人离开了犹他州，成了异教徒，没有人知道他们去了什么地方。

为了复仇，侯波带着他所有的钱，逐城挨市地在美国各地寻找他的仇人。年复一年，他的黑发变得斑白了，但是他仍继续流浪，就像是人群中一只不肯罢休的敏锐的猎犬一样。

皇天不负苦心人。他终于发现：他所追踪的两个仇人，就在俄亥俄州的克利夫兰城中。他回到他那破陋不堪的寄宿地，把他的复仇计划全部准备妥当。

但是，瑞伯那天从窗口中也认出了大街上的那个流浪汉就是侯波。他在斯坦节逊（他已经成为瑞伯的私人秘书）的陪同下，急忙找到当地负责治安的法官，向他报告了这件事。

　　当晚，侯波便被逮捕了。因为他找不到保人，所以被监禁了几个星期。等他被释放出来的时候，他发现瑞伯的住处早已空空如也，瑞伯和他的秘书已动身去了欧洲。

　　等他积蓄了足够的生活费用之后，就在欧洲各地追赶着他的仇人。在圣彼得堡、巴黎、哥本哈根，侯波先后三次失去了机会。但他最终在伦敦把他们赶入绝境，实现了他终生的愿望。

　　福尔摩斯终于把这个长长的复仇故事讲完了。我们默默地来到警察局，负责记录的一名警察对侯波说："你将在本周内被审讯，在审讯前，你还有什么要说的吗？"

　　侯波慢慢地说："诸位先生，我有许多话要说，我愿意把我所做的一切原原本本地告诉你们。"

　　警官说："你等到审讯时再说不好吗？"

　　他回答说："也许我永远不会受到审讯了。我很早就得了动脉血管瘤症。上个星期，我找了一位医生瞧过，他对我说，过不了多少天，血瘤就会迸裂。"

　　警官突然转身问我："医生，你认为他的病情确实有突然恶化的危险吗？"

　　我回答说："确实这样。"

　　警官对侯波说："那么，为了维护法律，先生，你现在可以交代了。"

　　"请允许我坐下来讲。"侯波一面说，一面不客气地坐了下来。他靠在椅背上，开始说出了下面这篇供词。

　　他说："我为什么要恨这两个人，因为他们犯了罪，害死过两个人——一个父亲和一个女儿。从他们犯罪以来，我就打定主意，要把法官、陪审员和行刑刽子手的任务全部担当起来。当我来到伦敦的时候，我差不多囊空如洗了。为了维持生活，我就到一家马车场去赶车。在伦敦待了好久，我才找到这两位先生居住的地方。一天傍晚，当我赶着马车在他们所住的那条叫陶尔魁里的街巷徘徊的时候，我忽然看到一辆马车赶到他们住处的门前。随后，有人把一些行李拿了出来。不久，瑞伯和斯坦节逊也跟着出来，他们一同上了车。我立刻赶上去，远远地跟在他们后面。他们到了尤斯顿车站，下了车。我找了个小孩替我拉着马，就跟着他们上了月台。我夹杂在人群中，离他们非常近，可以听到他们的每一句谈话。我听到他们打听去利物浦的火车，站上的人回答说，有一班车刚刚开出，几个钟头以内不会再有第二班车了。斯坦节逊听了似乎很懊恼，可瑞伯却比什么都高兴。瑞伯说，他有一点儿私事要去办一下。斯坦节逊劝了瑞伯几句，见他不听，只好和他商量，万一他耽误了最后一班火车，就要到郝黎代旅馆去找他。瑞伯说他十一点钟以前可以回到月台上来，然后他就一直走出了车站。恰巧，几天以前有一个人坐我的车子在布瑞克斯顿路一带查看几处房屋，结果把其中一处的钥匙遗忘在我的车里了。

他虽然当天晚上就把那把钥匙领了回去，但在他取走之前，我早就配制了一把。接下来要解决的问题就是，如何把瑞伯弄到那个房屋中去。

> 细节描写体现了侯波为了报仇用心良苦。

"他在路上走着，突然拐进一家酒店，出来的时候已是步履蹒跚。接着，他上了一辆双轮小马车，又回到了他原来住的地方。

"我等了大约一刻钟，房子里突然传来一阵打架似的吵闹声，接着，大门开了，只见一个小伙子抓着瑞伯的衣领，走到台阶边用力一推，紧接着又是一脚，把瑞伯一直踹到大街上。

"他对着瑞伯摇晃着手中的木棍大声喝道：'狗东西，我教训教训你，你竟敢侮辱良家妇女！'他是那样的怒不可遏，要不是瑞伯这个坏蛋拼命向街中逃去，我想那小伙子一定要用棍子把他痛打一顿。

"瑞伯一直跑到转弯的地方，正好看见我的马车，于是打个招呼就跳

上车来。他说：'把我送到郝黎代旅馆去。'

"我真是喜出望外。我慢慢地赶着马车向前走，心里盘算着该如何办才稳妥。这时他的酒瘾又发作了，他叫我在一家大酒店外面停下来。他已经烂醉如泥了。

"当时已是午夜过后快一点钟的光景。这是一个凄风苦雨的深夜，风刮得很厉害，大雨倾盆而下。我从车窗向车里一瞧，只见瑞伯缩成一团，因酒醉而沉入梦乡，我摇晃着他的肩膀说：'该下车了。'他回答说：'好的，车夫。'

"他以为已经到了他刚才提到的那个旅馆，因为他别的什么话也没有说，就走下车来，跟着我走进了空屋前的花园。这时，他还有点头重脚轻，站立不稳。我不得不扶着他走，以免他跌倒。我们走到门口时，我开了门，引着他走进了前屋。

"'黑得要命。'他一面说，一面跺着脚。

"'咱们马上就有亮了。'我说着，便擦燃了一根火柴，把带来的一支

蜡烛点亮。

"我一面把脸转向他,一面把蜡烛举近我的脸,说:'好啦,伊瑙克·瑞伯,你现在看看我是谁!'他醉眼惺忪地盯着我瞧了半天。

"然后,我看见他的脸上突然出现了惊恐的神色,整个脸都痉挛起来,这说明他已认出我来了。他顿时被吓得面如土色(形容一个人因为惊恐而神情木然),晃晃荡荡地后退着。看见他这副模样,我不禁靠在门口,大笑不止。我一面清算他的罪行,一面把药盒送到他的面前,说:'让上帝给咱们裁决吧,拣一粒吃下去。一粒可以致死,一粒可以获生,剩下的一粒我吃。'我用刀逼着他乖乖地吃下一粒,然后我也吞下一粒。不久,他便痛苦地死去了。

"这时,动脉血管瘤症导致我的鼻孔不断地往外流血。不知怎的,我灵机一动,便用血在墙上写了'Rache'这个字。这也许是一种恶作剧的想法,打算把警方引入歧途。

"写完血字之后,我就回到马车里。不久就发觉指环不见了,我大吃一惊,因为这个东西是露茜留下的唯一的纪念物。我想,可能是在我弯身察看瑞伯的尸体时,把它掉下去了。

"于是,我又赶着马车往回走(可以看出侯波对露茜无比深厚的爱)。我把马车停在附近的一条街上,刚走到那所房子,就和一个从那座房子里出来的警察撞了个满怀。我只好装着酩酊大醉的样子,以免引起他的疑心。

"这就是伊瑙克·瑞伯死时的情形。接着,我到郝黎代旅馆附近徘徊了一整天,很快就弄清了斯坦节逊的卧室窗户的位置。

"第二天清晨,我利用旅馆外面胡同里放着的一张梯子,趁着夜色朦胧的当儿,一直爬进了他的房间里。

"我把他叫醒,把瑞伯的情况讲给他听,并且要他同样挑选一粒药丸。他不愿接受我给他的活命机会,而是从床上跳了起来,直向我扑来。为了自卫,我一刀刺进了他的心房。

"事后我又赶起了马车,我想积蓄起足够的路费,好回美洲去。那天,我正停在广场上，忽然有一个衣衫褴褛的少年对我说，贝克街221号乙有位先生要雇我的车子，我一点儿也没有怀疑就跟着来了。"

侯波的故事讲得惊心动魄，我们都听得出了神。福尔摩斯最后说："还有一点，我登广告以后，前来领取指环的那人是谁？"

"是我的朋友，他自告奋勇来领取的。"

就在那天晚上，侯波的动脉血管瘤迸裂了。第二天早晨，人们发现他躺在监狱的地板上死了，脸上流露出平静的笑容。

阅读鉴赏

在艺术手法上，本章侧重于人物分析，特别是本案的杀人凶手杰弗逊·侯波。这个人物写得非常出色，年轻时的彬彬有礼，面对危难时的不顾一切，灵房中的倏忽来去，报仇时的深思熟虑，手刃仇人后的从容不迫，临死时安详的笑容，作者将侯波一生中最重要的几件事大都展现出来了。

拓展阅读

福尔摩斯到底有多红

福尔摩斯是世界三大知名人物之一，与米老鼠和圣诞老人齐名。毋庸置疑，福尔摩斯已经成了名侦探的代名词，而且在现实生活中，好多人都将福尔摩斯当成了聪明人的代名词，他也成为一种符号，一种象征智慧的符号。

导　读

　　一个神秘的人偷偷潜入买家家中，不为仇杀，不为盗窃，却只对无辜的拿破仑像下手，这中间到底隐藏着怎样的秘密？福尔摩斯先生又是怎样一层层抽丝剥茧，解开案件真相的呢？

　　晚上，苏格兰场的雷斯垂德先生经常来我们这里坐坐。福尔摩斯很欢迎他的到来，因为这能使他了解到警察总部在做些什么。福尔摩斯在这位先生讲述办案细节时总是用心倾听，同时运用自己渊博的知识和丰富的经验，不时地向对方提出一些建议和意见。

　　一天晚上，雷斯垂德谈过了天气和报纸之后，就沉默不语了，不断地抽雪茄。福尔摩斯急切地望着他，问："手上有什么不寻常的案子吗？"

　　"啊，福尔摩斯先生，没有——没什么太特别的事情。"

　　"那么对我谈谈吧。"

　　雷斯垂德笑了。

　　"好吧，福尔摩斯先生。没必要否认，我心里的确有事。但它如此荒诞，我不想去麻烦你。但从另一方面来说，事情虽不大，但很奇怪。我当然知道你对一切不寻常的事都有兴趣。不过我认为此事和华生大夫的关系比和我们的关系更大（一件不大但是很荒诞的事情，此处设置悬念，引出下文）。"

我说：“是疾病吗？”

“起码能说是疯病，而且是很奇怪的疯病。你能想到有这样的事情吗？生活在现在的人却十分痛恨拿破仑，只要看到他的像就要打碎。”

福尔摩斯仰身靠在椅子上，说：“这事和我无关（似乎有些矛盾，其实是福尔摩斯想进一步了解案情）。”

“是的，我早说过这不是咱们的事。但是，当此人破门而入并将别人的拿破仑像打碎的时候，那就不应将他送到大夫那里，而应送到警察那儿去了。”

福尔摩斯又坐直了身子。

“抢劫？这倒很有意思。请你把详细情况讲一讲。”

雷斯垂德拿出他的工作日志，打开看看，以免讲述时有什么遗漏。

他说：“四天前有人来报了第一个案子。事情发生在莫斯·贺得逊商店，在康宁顿街有一个出售图片和塑像的分店。店员刚离开柜台一会儿，就听到什么东西互相撞击的声音，他立刻跑到店铺前面，发现摆在柜台上的一座和其他艺术品放在一起的拿破仑像被打得粉碎。他冲到街上，虽然几个路人说他们看到有个人跑出商店，但是他没有找到这个人，而且也没能认出这个流氓。这好像是一件毫无意义的流氓行为，他就如实地报告了巡警。石膏像最多不过值几先令，又是很小的事情，根本不值得专门调查。

“但是，第二个案子更严重、更特殊，就在昨天晚上发生了。

“在康宁顿街离莫斯·贺得逊商店二三百码远的地方，住着一位著名的巴尔尼柯大夫，泰晤士河南岸一带有很多人常去找他看病。他的住宅和诊疗室在康宁顿街，但2英里（1英里≈1.6千米）外的布列克斯顿街还有一个分诊所和药房。这位巴尔尼柯大夫由衷地崇拜拿破仑，他的家中全是有关这位法国皇帝的书画以及遗物。不久前他从贺得逊商店买了两座复制的拿破仑半身像，这塑像很有名，是法国著名雕刻家笛万的作品。他

把一座放在康宁顿街住处的大厅里，把另一座放在布列克斯顿街诊所的壁炉架下。正好，今早巴尔尼柯大夫一下楼就大吃一惊，发现好像有人在夜里闯入了他的住宅，不过并没拿走什么别的东西，除了那座放在大厅的石膏像。那座石膏像被拿到外面花园的墙下，已经被摔碎了（用简洁的语言描写出一个人物是本书的显著特点）。"

福尔摩斯摆摆手，说："这的确是很出奇。"

"我想这会使你感兴趣的，但是我还没说完。十二点钟，巴尔尼柯大夫来到他的诊所，吃惊地发现窗子被打开了，屋里满是另一座拿破仑半身像的碎片。他的吃惊你应该想象得到，那半身像的底座也被打成细碎片。没有任何蛛丝马迹可以帮助我们查出这个恶作剧的罪犯，或者说是疯子。福尔摩斯先生，这就是事情的经过。"

福尔摩斯说："事情是很奇怪，当然也很荒诞。请问，在贺得逊商店打碎的那个半身像与在巴尔尼柯大夫家里和诊所里打碎的那两个，是不是同一模型的复制品？"

"全是用一个模型做的。"

"这个事实否定了一种说法，就是认为这个人打碎半身像是因为痛恨拿破仑。我们都知道，整个伦敦有上万个这个皇帝的塑像，那些反对偶像崇拜的无论是谁，都不应该从这三个复制品入手表示其意向。因此这种想法并不合适。"

雷斯垂德说："我也曾想得和你一样。但是莫斯·贺得逊是伦敦那一区唯一的塑像供应者，在他的商店里这三座塑像放了很长时间。尽管如你所说，在伦敦有上万个塑像，但有可能这是那一区仅有的三个。所以，这个地区的疯子就着手干这三个。华生大夫，你看呢？"

我答道："偏执狂的表现是各式各样而没有规定的。有一种情况，也就是当代法国心理学家们称之为'偏执的意念'的，意思是固执只集中在一件细微的事上，而在其他方面却完全清醒。一个人读了太多的拿破仑事迹，有了太深的印象，或是他的家族遗传给他当时战争所造成的心理缺陷，这些都完全可能形成一种'偏执的意念'，在其影响下，他可能因幻想而狂怒。"

福尔摩斯摇着头说："亲爱的华生，这样解释不行。因为无论'偏执的意念'有多么强烈的影响，也不会使你所说的偏执狂患者去找出这些塑像的分布地点。"

"那么，你的解释又是什么呢？"

"我不想去解释，我只是观察到这位绅士采取这些怪诞行动是有规律可循的。比如，在巴尔尼柯大夫家的大厅里，可能一点儿声响都会惊起所有人，于是，他就把半身像先拿到外面再打碎，而在诊所里，没有惊醒别人的注意，他就在原地把半身像打碎了（根据事实一步步归纳推理，表现出他优秀的侦查能力）。雷斯垂德，我不能对你那三个破碎的半身像一笑置之，如果你使我了解这一系列奇异事件的新的发展，我会深深感谢你的。"

我的朋友想要了解的事比他的想象更快、更悲惨地发展着。第二天清早，我正在卧室穿衣服，刚刚听到有敲门声，福尔摩斯就进来了，他手里拿着一封电报。他大声读给我听："立刻到肯辛顿彼特街131号来，雷斯垂德。"

我问："这是怎么回事？"

"不知道。不过我猜是半身像故事的续章。如果是这样的话，我们这位打碎塑像的朋友已经开始在伦敦其他地区活动了。桌上有咖啡，华生，我已经叫来了一辆马车，快些！"

过了半小时，我们到了彼特街，这是条死气沉沉的小巷，在伦敦一个最繁华的地区附近。131号是一排整齐漂亮的房屋中的一座，这些房子很实用。我们的马车刚到，就看到好奇的人们挤在房子前的栅栏外，福尔摩斯口中发出嘘嘘声才穿过了人群。

"上帝呀！至少这也算谋杀。这下伦敦的报童可要被团团围住了。瞧！死者蜷着肩，伸长着脖子，不是暴力行为又是什么呢？华生，这是怎么回事？上面的台阶被冲洗过，而其他的台阶则是干的，哦，倒有不少脚印（从死者的形态到现场的一切，都观察得非常仔细）！看，前面窗口那儿是雷斯垂德。我们会马上知道这一切的。"

这位警官神色庄重地迎接了我们，并带着我们进入了一间起居室。只见一位老者，身着法兰绒睡衣，正颤巍巍地来回踱步。雷斯垂德介绍说，他就是这房子的主人，中央报刊辛迪加①的贺拉斯·哈克先生。

雷斯垂德说："这事又和拿破仑半身像有关。福尔摩斯先生，你昨晚好像对它很感兴趣，因此我想你会高兴来这儿的，现在事情发展得更加严重了。"

"到了什么程度呢？"

"谋杀！哈克先生，请您准确地把发生的事情告诉这两位先生。"

哈克先生说："这事极不寻常。我的一生都是在收集别人的新闻，现在一件真正的新闻却发生在我的身上，可是我糊涂了，心神不安，写不出一个字来。如果我在这里是以记者的身份出现的话，那我就要自己面对自己，还要在晚报上写两栏报道。事实上，由于工作关系，我也的确对许多不同的人作过重要报道，但我今天实在是无能为力了。歇洛克·福尔摩斯先生，您的名字我听说过。如果这件事您能解释，我讲给您听就并非徒劳②了。"

福尔摩斯坐下来，静静地听着（福尔摩斯的镇定，更能体现出侦探具备的素质）。

"事情的原因，好像是为了那座拿破仑半身像。那是我四个月前从高地街驿站旁的第二家商店，即哈定兄弟商店买来的，价钱很便宜，后来就一直放在这间屋里。我一般在夜里写稿，今天也是这样。大约三点，我正在楼上的书房里，忽然听到什么声音从楼下传来。我就仔细地听着，但声音又没有了。我想声音一定是从外面传来的。接着，又过了五分钟，忽然传来一声非常凄惨的吼叫，福尔摩斯先生，那声音可怕极了，只要

---

① 辛迪加：音译词，一种垄断组织形式。

② 徒劳：空自劳苦，白费心力。

我还活着，它就会在我耳边永远萦绕^①。我当时吓呆了，直愣愣地坐了有一两分钟，后来就拿起通条走下楼去。我走进这间房间，一眼见到窗户是大开的，壁炉架上的半身像不见了。我弄不懂为什么强盗会拿这样的东西，不过是个石膏像，并不值什么钱。

"您一定看到了，不管是谁，从这扇开着的窗子那儿迈一大步，就能跨到门前的台阶上。这强盗显然是这样干的。因此我打开门，摸黑走出去，不料差一点被一个死人绊倒。我连忙回来拿灯，这才看到那可怜人躺在地上，脖子上有个大洞，周围有一大摊血。他脸朝天躺着，弯着膝，大张着嘴，样子实在吓人。我一定会再梦到他的。后来，我连忙吹了一下警哨，就不省人事了。我想我一定是晕倒了，等我醒来的时候，已经是在大厅了，这位警官就在我身边看着我。"

福尔摩斯问："被害者是什么人？"

雷斯垂德说："没有什么东西可以证明其身份，你可以到殡仪馆去看尸体，到目前为止，我们没在尸体上查出任何线索。他身高体健，脸色被晒得发黑，年龄不超过三十岁，穿得很不像样，不过不像是工人。他身边一摊血里扔着一把牛角柄折刀。我不知道这刀究竟是杀人凶器还是死者的遗物。死者的衣服上没有名字，口袋里只有一个苹果、一根绳子、一张值一先令的伦敦地图，还有一张照片(从死者的外貌、装束和所带物品让人对其身份产生疑问)。"

照片显然是用小照相机快速拍摄的。照片上的人表情机警，眉毛很浓，口鼻凸出，而且是很特别的凸出，像狒狒的面孔。

福尔摩斯仔细地看过照片后问："那座半身像怎么样了？"

"我们在你来之前已得到一个消息。塑像在堪姆顿街的一所空屋的花园里找到了，已被打得粉碎。我想去看看，你去吗？"

"是的，我要看一看，"福尔摩斯检查了地毯和窗户，说，"这个人如果

---

① 萦绕：比喻声音在什么东西旁边旋转、回复。

不是腿很长，就是动作很灵活，窗下地势很低，要跳上窗台并打开窗子要很灵巧才行，那样是很容易跳出去的。哈克先生，您要不要和我们一起去看看那半身像的残片呢？"

这位新闻界人士情绪低落地坐在写字台旁边。

他说："虽然我相信今天第一批晚报已经发行了，报纸上对这件事一定会有详细的报道，但我还是要尽力写一下这事儿。这就是我的命运！你还记得顿卡斯特的看台倒塌的事吗？那上面唯一的记者就是我，我的报纸也是唯一没有登载此事的一家报纸，因为我受了太大的震动，不能再写了。现在动笔来写这件发生在我家门前的凶杀案是有点儿晚了。"

我们在离开这间屋子时，听到笔刷刷的在稿纸上写字的声音。

打碎半身像的地方离这所房子仅仅二三百码，半身像已经被打得粉碎，细小的碎片散在草地上。可想而知，砸像人的仇恨是如此强烈和难以控制。我们还是第一次看到这位伟大皇帝落到了这种地步。福尔摩斯捡起几块碎片仔细检查。从他专心致志的面孔和自信的神态来看，我确信他已经找到了线索（专心致志的面孔和自信的神态几乎就是福尔摩斯的标志）。

雷斯垂德问："怎么样？"

福尔摩斯耸了耸肩。

他说："我们虽然还有很多事要做，不过我们已经掌握了一些事实，可以作为行动的依据。对于这犯人来说，半身像比人的生命更值钱，这是一点。还有，如果说此人弄到半身像只是为了打碎，而他又不在屋子里面或附近打碎，这件事也很奇怪。"

"也许他当时遇到这个人就慌了起来，他简直不知道该如何应付，就拿出了刀子。"

"很可能是这样。不过，我想让你特别注意这所房子的位置，塑像是在这栋房子的花园里被打碎的。"

雷斯垂德看了看四周，说："这是栋空房子，所以他知道没有人会在花园里打扰他。"

"但是在这条街入口不远处还有一栋空房子，他肯定先经过那一栋才能到这一栋来，既然他走路时拿着半身像，那每多走1码，遇上人的危险也就更大些，为什么他不在那栋空房子将它打碎呢？"

雷斯垂德说："我无法回答。"

福尔摩斯指着我们头上的路灯。

"在这儿他能看得见，在那儿却不能，这就是理由（抽丝剥茧般的分析，充分体现了一个天才侦探的优良职业素养）。"

这位侦探说："呀，确实是这样。我想起来了，巴尔尼柯大夫的半身像是在离路灯不远的地方被打碎的。福尔摩斯先生，对于这种情况你怎么办呢？"

"记住它，写入备案录。以后我们也许会碰到与此事有关的情形。雷斯垂德，你认为下一步应该怎么做呢？"

"依我看，弄清内幕的最好方法是将那死人的身份查清。这并不难。这样，我们就有了个很好的开端，从而可以进一步弄清昨晚死者在彼特街干了什么，以及是谁在哈克先生门前的台阶上见到他并杀了他，你看是这样吗？"

"是的，是这样，不过这并不完全符合我对此案的处理方法。"

"那么，你要怎么做呢？"

"噢，你不要受我半点儿影响。我建议我们各做各的，然后我们可以交换意见，这样有利于取长补短。"

雷斯垂德说："好吧。"

"如果你回彼特街，见到哈克先生，请替我告诉他，我认为能肯定的是，昨晚去他家的是一个杀人狂，而且有仇视拿破仑的疯病。这对他的报道绝对是有用的。"

雷斯垂德盯着他："这并不是你的真实意见吧？"

福尔摩斯笑了（体现了人物性格的多样性，使人物形象更加丰满）。

"不是吗？也许我不这么想。但是，我敢说这会使哈克先生以及中央报刊辛迪加的读者们感兴趣。华生，我们今天还有很多很复杂的工作要做。

雷斯垂德，我希望你能在今晚六点钟到贝克街来见我们。我想先用一下这张死人口袋里的照片，到晚上再给你。如果我没有判断错误的话，也许要请你在半夜出去一趟以协助我们。晚上见，祝你顺利！"

歇洛克·福尔摩斯和我一起步行到高地街，走进卖半身像的哈定兄弟商店。一个年轻店员告诉我们，哈定先生下午才来，他自己是个新手，不了解情况。福尔摩斯流露出失望和烦躁的表情。

他说："好吧，既然这样，我们的计划只好改变了。看来上午哈定先生不会来了，我们要找他只好下午再来了。华生，你一定已经猜到我们为什么要追究这些半身像的来源，目的就是想看看是否有什么特别的事情，以便能正确地解释它们被砸的原因。现在，我们先到康宁顿街贺得逊先生的商店，看他能否给我们一点儿启发。"

我们坐上马车，一小时后就来到这家商店。贺得逊身材不高，脸色红润，身体强壮，但态度显得急躁。

他说："是的，先生，塑像就是在我这柜台上被打碎的。哼！太不像话了！既然强盗可以随心所欲，那我们纳税还有什么用呢？不错，先生，巴尔尼柯大夫那两座像是我卖给他的。这种事肯定是无政府主义者干的——我是这样认为。只有无政府主义者才会到处去打碎塑像。我那些塑像从哪儿弄到的？我看不出这件事和那件事有什么关系。不过，你实在想知道，我就告诉你，是从斯捷班尼区教堂街盖尔得尔公司弄来的。这个公司近二十年来在石膏雕塑业中一直是有名的。我买了多少？三个，第一次两个，第二次是一个，共三个。卖给巴尔尼柯大夫两个，还有一个在光天化日之下就在柜台上被打碎了。至于照片上这个人吗？不，我不认识。哦，不，也可以说我认识。这不正是倍波吗？他是个意大利人，干零工的，他在这里干过活儿。他会些雕塑，会镀金，会做框子，总之会做些杂工。这家伙是上星期离开的，从那之后没有人提起过他。我不知他从哪儿来的，也不知他到什么地方去了。他在这儿的时候，干得不错。打碎半身像时，他已经走了两天了。"

从商店出来之后，福尔摩斯对我说："我们从莫斯·贺得逊这儿只能了解这么多了。但我们弄清了在康宁顿街和肯辛顿的两个案件里都有倍波，就凭这一点，我们走 10 英里也是值得的（从中可以看出福尔摩斯非常善于总结比较）。华生，我们去斯捷班尼区的盖尔得尔公司，这些半身像是在那儿制作的。我估计我们会从那儿得到一些情况。"

于是，我们迅速地穿过伦敦的一些繁华地区：通过了旅馆集中的街道，戏院毗邻的街道，商店林立的街道，还穿过了伦敦的海运公司集中的地区，最后来到了有十来万人口的泰晤士河沿岸的市镇。市镇的分租房间里住满了欧洲来的流浪者，并且弥漫着他们的气味和情调。在一条原是伦敦富商居住的宽阔的街道上，我们找到了我们要找的雕塑工厂，厂里有个相当大的院子，院中堆满了石碑等东西。里面有一间很大的屋子，有五十个工人正在工作。经理是位身材高大、皮肤白皙的德国人，他很有礼貌地接待了我们，并一一回答了福尔摩斯提出的问题。经查账得知，他们用笛万的大理石拿破仑塑像复制了几百座石膏像。大约一年前卖给莫斯·贺得逊的三座和另外三座是一批货，另外三座卖给了肯辛顿的哈定兄弟公司。这六座像和其他任何一座不可能有什么不同。他无法解释有人要毁掉这些塑像的原因——事实上，他讥笑所谓"偏执狂"的解释。塑像批发价是六先令，而零售商可以卖到十二先令以上。复制品是从大理石塑像前后分别做出模片，再将两个半边模片连在一起，由此构成一个完整的塑像。这种工作常常由意大利人担任，他们就在这间房间工作，然后拿半身像到过道的桌子上吹干，一一存放起来（介绍复制品的制作流程及制作人，让人很容易联想到意大利人倍波）。他只有这么多可以告诉我们。

可是，那张照片却对这位经理产生了奇怪的影响。他的脸被气得发红，蓝色眼睛上的双眉紧锁。

他大声地说："啊，这个恶棍，是的，我很清楚地了解他。我们这个公司一向声誉极佳，只有一次警察来访，那就是因为这家伙。那是一年多以前的事。他在街上用刀捅了另一个意大利人，他刚到车间，紧跟着警察就来了，在这儿抓走了他。他的名字叫倍波——我一直不知道他的姓，雇了这样一个品行不端的人，我是自找晦气，但他很会干活儿，是个好手。"

"给他定了个什么罪？"

"被捕的人没有死，只关了他一年就放出来了。我肯定他现在不在监狱里，他没敢在这儿露面。这儿有他的一个表弟，我想他会告诉你倍波在哪儿。"

福尔摩斯大声说："不，不，什么也不要告诉他表弟——我请求你不要说（体现出福尔摩斯做事非常谨慎，敏行慎言的优良职业素养）。事情很严重，我觉得越来越严重。你查看你卖出这些塑像的账目时，我从旁看出，卖出日期是去年6月3日。请你告诉我，是什么时候逮捕倍波的？"

这位经理回答说："我看一下工资账就可以告诉你大概的日期。"他翻过几页后继续说，"是的，最后一次发他工钱是在 5 月 20 日。"

福尔摩斯说："谢谢你。我想我不必再耽误你的时间给你添麻烦了。"他最后再次叮嘱经理不要把有关我们的调查传出去，我们起身往回走。

阅读鉴赏

本章内容很大篇幅都是人物的对话，借他人之口，讲述了案件的每一个细节。尤其是福尔摩斯，他说的每一句话都体现出他严谨、细致、精准的推理分析和敏行慎言的职业素养，充分表现出他的侦探天分。另外，人物语言还体现了人物性格的多样性，使人物形象更丰满、真实。

拓展阅读

拿 破 仑

拿破仑·波拿马于 1769 年出生在科西嘉的阿雅克肖，他的原名叫拿破仑·布宛纳巴，1796 年才改为"波拿巴"。他是著名的军事家和政治家，法兰西第一共和国执政官和法兰西第一帝国的缔造者。

六座拿破仑半身像（下）

导　读

在看似毫无头绪的线索中，福尔摩斯先生冷静谨慎，很快打听到与被打碎的四座塑像同时出厂的一共有六座一模一样的塑像。那么，另外两座塑像的命运如何，也会遭此毒手吗？这个看似近乎偏执的嫌疑犯如何落入福尔摩斯的天罗地网之中？

一直忙到下午四五点钟，我们才匆匆地在一家饭馆吃了午饭（体现了福尔摩斯办案的辛苦）。在饭馆门口，报童叫喊着："肯辛顿凶杀案，疯子杀人。"这条新闻说明，哈克先生的报道终于被刊登了。报道占了两栏，文章使人震惊而且词句漂亮。福尔摩斯把报纸立在调味瓶架上，一边吃一边看。有一两次他咯咯地笑了。

他说："华生，是要这么写。你听这一段：'我们高兴地告诉读者，在此案上没有意见分歧，因为经验丰富的官方侦探雷斯垂德先生和著名的咨询侦探家福尔摩斯先生均得出同一结论，以杀人告终的这一系列荒诞事件，全是因为精神失常而非蓄意为之，只有用心理失常才能解释整个事件的发生。'"

"只要你懂得怎样利用报纸，华生，报纸是非常宝贵的工具。你如果吃完了，我们就回肯辛顿，听听哈定兄弟公司经理会说些什么。"

出人意料，这个大商店的创建人却是一个瘦小的小个子，但他精明能干，头脑清醒，很会讲话。

"是的，先生，我已经看过晚报的报道，哈克先生是我们的顾客。几个月前，我们卖给他的那座塑像，是我们从斯捷班尼区的盖尔得尔公司订的，现在已卖完了。卖给了谁？查一查卖货账，就可以立刻告诉你。噢！这几笔账在这儿。你看，一个卖给哈克先生，一个卖给齐兹威克区拉布诺姆街的卓兹雅·布朗先生，第三个卖给瑞丁区下丛林街的珊德福特先生。你照片上的这个人，我从没见过。这样的人很难忘记，因为他长得太丑了（幽默的语言增添了轻松的气息）。你问我们的店员中有没有意大利人？有，在工人和清洁工中有几个。他们想偷看售货账是很容易的。我想特别保护起账本是没有什么必要的。啊，是的，那是一件怪事。如果您想了解什么情况，请您告诉我。"

哈定先生做证的时候，福尔摩斯记下了一些情况。我看出他很满意事情的发展，但他没说什么，只是急于赶回去，不然就会耽误和雷斯垂德会面的时间。果然，我们回到贝克街时，雷斯垂德已经到了，他正不耐烦地在屋里踱来踱去。他那严肃的样子说明他这一天工作得很有成绩。

他问："怎么样？福尔摩斯先生，有成效吗？"

我的朋友解释说："我们今天很忙，算是没有虚度。我们见到零售商和批发商，我弄清了每个塑像的来源。"

雷斯垂德喊道："半身像！好，福尔摩斯先生，你有你的方法，我不应反对，但我认为我这一天干得比你好。死者的身份我查出来了。"

"是吗？"

"而且查出了犯罪的原因。"

"太好了。"

"我们有个侦探，叫萨弗尔·希尔，他专门负责意大利区。死者的脖子上挂着天主像，加上他皮肤的颜色，使我认为他来自欧洲南部。希尔一看到尸体，就认出了他。他的名字是彼埃·万努奇，来自那不勒斯，他是伦敦有名的盗匪，和黑手党有联系。你也了解，黑手党是一个地下的政治组织，想通过暗杀来实现他们的信仰。现在看来，事情已经很明显了，另外那人也是个意大利人，也是个黑手党党徒。他大概是违反了黑手党某一方面的戒条，彼埃在跟踪他。彼埃口袋中的照片可能正是另外那个人，带着照片是为了不弄错。他尾随着这个人，看他进了一栋房子，就等在外面，后来他在厮打中受了致命伤。歇洛克·福尔摩斯先生，这个解释怎样？"

福尔摩斯赞赏地拍着手。

他喊道："太好了，雷斯垂德，好极了！但是，我并不完全明白你对于打碎半身像的解释。"

"半身像！你总是忘不了半身像。那不算什么，小偷小摸，最多关六个月的监禁。我们认为要调查的是凶杀，老实说，我弄清了手里的所有线索。"

"接下来呢？"

"很简单。我和希尔到意大利区，依照片找人，以凶杀罪把他抓捕。你和我们一起去吗？"

"我不想去。我想我们可以更迅速地达到目的。我说不准，这全都靠——全靠一个我们完全不能控制的因素，但有很大希望——可以说有三分之二的把握——如果今晚你和我们同去，我可以帮你逮捕他。"

"在意大利区？"

"不，我想在齐兹威克区可能会找到他。雷斯垂德，如果今晚你和我一起去齐兹威克区，那明晚我一定陪你去意大利区，耽误一个晚上不会碍事的。我看我们现在先睡几个小时才好。因为我们在晚上十一点以后要出去，大约天亮才能回来（再次体现了福尔摩斯办案的辛苦）。雷斯垂德，你和我们一起吃饭，然后在沙发上休息。华生，你最好能打电话叫一个紧急通信员，我有一封很重要的信必须立刻送走。"

说完，福尔摩斯就走上阁楼，去翻阅往日报纸的合订本。过了很长时间，他才走下楼来，眼里流露出胜利的目光，不过他对我们两个什么也没说。这个复杂的案件几经周折，我一步一步地注视福尔摩斯侦查中所用的方法。虽然我还看不清我们要达到的目标，但我十分明白，福尔摩斯在等待着那荒诞的罪犯去搞那另外两座半身像，我记得其中一个是在齐兹威克区。毫无疑问，我们此行的目的就是要当场抓住他。因此，我很赞赏我朋友的机智，他在晚报上加了一个错误的线索，使此人以为他可以继续作案而不会受到处罚。所以，当福尔摩斯让我带上手枪时，我并未感到惊讶。他自己拿了装好子弹的猎枪，这武器是他最喜欢的。

十一点钟，我们乘上马车来到了汉莫斯密斯桥。下车后，我们告诉马车夫在那儿等，然后继续向前走，不久来到一条僻静的大路上，路旁有一排整齐的房子。每一所房子前都有自己的花园。借着路灯的微光，我们找到了写有"拉布诺尤别墅"的门牌。主人显然已经休息了，因为在花园的小路上，除了从门窗里透出的一圈模糊的光亮之外，周

> 环境描写，让读者产生身临其境的紧张感觉。

围一团漆黑。隔开大路和花园的木栅栏，在园内投下一片深深的黑影，我们正好藏在那里。

福尔摩斯低声地说："我们恐怕要等很久。谢谢上天，今晚没雨，我们在这不能抽烟，这样消磨时间可不安全。不过你们放心，事情已有三分之二的把握，因此我们吃些苦还是值得的。"

出乎意料的是，我们并未等待很长时间，就突然听到了动静。事先没有一点声音预示有人来了，大门就一下被推开了，一个灵活的黑色影子像猴子一样迅捷地冲到花园的小道上。我们看到此人迅速穿过门窗映在地上的灯光，就消失于房子的暗影中。这时，四周一片沉寂，我们屏住了呼吸。一会儿工夫，忽然听到一声轻微的吱嘎声，窗子打开了。声音又消失了，接着又是长时间的寂静，估计此人正设法潜入屋内。一会儿，我们又见到屋内有一只深色灯笼的光闪了一下。显然他所找的东西不在那儿，因为我们隔着另一窗帘又看到了一次闪光，接着隔着第三个窗帘又有一次闪光。

雷斯垂德低声地说："我们到那个开着的窗户那儿。他一爬出来，我们立刻就能抓住他。"

但是我们还未来得及动，这人又出现了。当他走到小路上那块闪着微光的地方时，我们看到他腋下夹着一件白色的东西，他向四下鬼鬼祟祟地张望着。静寂无声的街道给他壮了胆，他转过身去，背向我们，放下了那东西，接着传来一声很响的"啪嗒"声，接着又是连续的咯咯声。他干得很专心，所以当我们悄悄穿过一块草地时，他并未听见我们的脚步声。于是，福尔摩斯猛虎般扑向他的背后，我和雷斯垂德立刻抓住他的手腕并且给他戴上了手铐。当我们把他扭转过来时，我看到一副两颊深陷奇丑无比的面孔，他的眼睛愤怒地盯着我们，他的面孔在抽动，他的确是照片上那个人。

但是，福尔摩斯却不去注意我们抓到的人，他蹲在台阶上仔细地检查这个人从房里拿出来的东西。这是一座拿破仑半身像，和那天早晨我们见到的一样，而且同样地被打成小碎片。福尔摩斯认真地在亮光下检查那些碎片，没有看出这些石膏碎片有什么特别的地方。他刚检查完，屋子里的灯一亮，门开了，房子的主人，一位和蔼、肥胖的人，穿着衬衫和长裤出现在我们面前。

福尔摩斯说："我想您是卓兹雅·布朗先生吧？"

"是的，先生，您一定是福尔摩斯先生吧？我收到通信员送来的急信，就完全照您说的做了。我把每扇门都从里面闩上，等待事情的发展。我很高兴你们抓到了这个流氓，先生们，请你们进屋来休息一下。"

然而雷斯垂德急于将犯人送到安全的地方，因此没过几分钟就叫来了马车，我们四人动身回伦敦去了。在车上犯人一言不发，他的眼睛从乱蓬蓬的头发阴影里凶狠地看着我们，有一次我的手离他较近，他就像饿狼一样猛抓过来。我们在警察局对他进行了搜查，他身上除了几个先令和一把刀身很长的刀子外，什么也没有，刀把上有许多新的血迹。

分手时，雷斯垂德说："事情就这样了。希尔对这些流氓十分熟悉，他会为他定罪的。你看，我用黑手党来解释并没有什么不对。不过，<u>福尔摩斯先生，我很感谢你如此巧妙地抓住了他。但我还不大懂这是怎么回事</u>（侧面烘托出福尔摩斯的机智过人）。"

福尔摩斯说："时间太晚了，不能再解释了。另外，还有一两件小事没弄明白，这件案子应该彻底弄清楚。如果你明晚六点到我家来，我会把直到现在你仍未彻底了解的这个案件的意义向你说明。总的说来，此案的确有独特的地方。华生，要是我同意你继续记录我办的一些案件，我敢说此案一定会使你的记录增色不少的。"

到第二天晚上大家见面的时候，雷斯垂德向我们讲了这个犯人的详细情况。我们已经知道这个犯人名叫倍波，但姓氏不详，他在意大利人聚集区是个出了名的坏蛋。他很会造塑像，曾一度老老实实地过日子，但后来他走上了歪道，两次被捕，一次是因为偷了一点东西，另一次是因为刺伤了他的一个同乡。他英语讲得很好。他毁坏这些塑像的原因还不清楚，这方面的问题他拒绝回答。可是警察发现这些塑像可能是他亲手做的，因为他在盖尔得尔公司时是做这工作的。对于这些我们已知道的情况，福尔摩斯只是礼貌地听着（体现了福尔摩斯的职业素养），但我明显地感到——因为我很了解他——他的思想在别的地方。我察觉到，在他惯有的面部表情下，交织着不安和期待。最后，他从椅子上站起来，双眼在闪着光亮。这时门铃响了。一会儿，我们听到楼梯上有脚步声，仆人领进一位面色红润，长着灰白络腮胡子的老者。他手中拿着一个旅行袋，进门后就将它放在桌上。

"歇洛克·福尔摩斯先生在这儿吗？"

我的朋友点点头，并微笑了一下说："我想您是瑞丁区的珊德福特先生？"

"是的，我大概是迟到了一会儿，火车太不方便了。您给我写信谈到了我买的半身像。"

"是的。"

"您的信在这儿。您说：'我想要一座仿笛万的拿破仑像，对于您那座我愿付十镑。'是这样吗？"

"不错，正是。"

"接到您的来信，我感到很意外，因为我无法想象您怎么会知道我有这座塑像呢？"

"您当然会意外，但原因很简单。哈定公司的哈定先生说，这最后一座他们卖给了您，并告诉了我您的地址。"

"噢，是这么回事！他告诉您我花了多少钱了吗？"

"没有，他并没说。"

"我虽然并不富有，但我是诚实的。我只用了十五个先令，我想在我拿走您十镑纸币前，您应该了解这一点。"

"珊德福特先生，您的顾虑说明您的诚实。既然我已经定了这个价钱，我要坚持这样做。"

"福尔摩斯先生，您很慷慨。我照您的要求，带来了这座塑像。这就是！"

他解开袋子，于是我们终于见到了一座完整的拿破仑像，以前几次我们见到的都是碎片。

福尔摩斯从衣袋中取出一张纸条和一张十镑的纸币放在桌上。

"珊德福特先生，请您当着几位证人的面在这条子上签名。这只是表明，您对于这座塑像的占有权和有关的一切权利，全部转让给我。我这人很循规蹈矩。一个人永远无法预见将来会发生什么事。谢谢您，珊德福特先生，这是您的钱，祝您晚安（几句话写出了福尔摩斯的做事风格和为人）。"

客人走了之后，福尔摩斯的行动引起了我们的注意。他从抽屉中拿出一块白布，铺在桌子上，又把新买来的半身像放在白布中间。然后他端起猎枪，猛地向塑像的头顶上开了一枪，于是那塑像立刻变成了碎片，福尔摩斯弯下腰来，急切地查看这些分散的碎片。不一会儿，他就得意地喊了起来。我看到，他手里高举着一块碎片，上面嵌着一颗深色的东西，就像布丁上的葡萄干一样。

他嚷道："先生们，让我给你们介绍这著名的包格斯黑珍珠！"

雷斯垂德和我一下子愣住了。极端的惊叹使我们突然鼓起掌来，好像看戏看到了最精彩的关键部分一样。福尔摩斯苍白的面孔泛出红晕，他向我们鞠了一躬，就像著名的剧作家在答谢观众的盛情。只是在这样的时刻，他才暂时中断理性的思考，而流露出乐于接受赞扬的人之常情。朋友的惊奇和赞扬深深地打动了这样一个蔑视世俗荣辱，性格特立独行，沉默寡言的人。

他说："先生们，这是世界上现有的最著名的珍珠。我是很幸运的，能依靠一系列的归纳法，从这珍珠丢失的地方——科隆那王子在达柯尔旅馆的卧室开始，追查到斯捷班尼地区的盖尔得尔公司所造的这个拿破仑像。雷斯垂德，你还记得吧，对这颗价值连城的珍珠的遗失案件，伦敦警察当时徒劳无功。在此案中，他们询问过我的意见，但我无法提出任何办法。我怀疑过王妃的女仆，她是个意大利人，当局查明她在伦敦有一个哥哥，但我并没弄清他们之间有无联系。那女仆名叫芦克芮什雅·万努奇。我想两天前被杀的彼埃正是她的兄弟。我查过报上的日期，珍珠是在倍波被捕前两天遗失的。逮捕是因为他的伤人罪，是在盖尔得尔公司抓的，那时他正做这些塑像。你们现在完全明白事情发生的顺序了。当然，我思考的时候，思路与这顺序正好相反。倍波的确拿到了珍珠，他可能是从彼埃那偷来的，也可能他原本就是彼埃的同伙，还有可能是彼埃和他妹妹的中间人。不过这与案件并无多大关系。

　　"重要的是他占有了这颗珍珠，正当他身上带着这珍珠时，警察来追捕他。他跑到工作的厂房，他知道时间紧迫，但必须藏好这颗无价之宝，否则会在搜身时被搜出来。当时，六座拿破仑的石膏像正放在过道里吹干，一座还是软的。他是一个熟练工，所以就立即在湿石膏上挖了一个小洞，把珍珠放进去，又抹了几下，把小洞抹平。石膏像是个理想的外壳，没有人会想到那珍珠会在那里（体现了罪犯的狡猾）。倍波被关了一年，同时这六座石膏像被卖至伦敦各地。他不知道那珍珠在哪座像里。摇晃是不起作用的，因为珍珠会粘在湿石膏上，因此，只有打碎石膏像，才能找出它来。倍波并未失望，他既机灵又有毅力，便继续探查。通过一个在盖尔得尔公司工作的堂兄弟，他弄清了是哪几家零售公司买了这些像。于是，他设法被莫斯·贺得逊公司雇用，查清了三座塑像的去处。但珍珠并未在其中，然后在其他意大利雇工的帮助下，其他三座塑像的去处他又查了出来。一座在哈克先生家，在那里他被自己的同谋跟踪，此人认为他应对丢失的珍珠负责，在接下来的搏斗中他刺死了他的同谋。"

　　我问："如果他们是同谋，他为什么还带着倍波的照片呢？"

　　"那是为了追踪用的，他可以向第三者询问倍波时拿出来。这个道理很明显，我想倍波在杀人后，行动会加快，而不会推迟。他怕警察发现他的秘密，因此他要在警察追捕前加快行动。当然，我不能绝对地说，他在哈克买的那塑像中没找到珍珠。我甚至不能断定里面就是珍珠，但我很了解他在寻找什么东西，因为他拿走半身像，走过几栋房屋，在有灯的花园里才打碎它。既然哈克买的半身像是三个里的一个，那就证明了我对你们说的，珍珠有三分之一的可能性在里面。还有两个半身像，显而易见，他会先找在伦敦的那个。我向房子的主人发出警告，以免发生第二次惨案，然后我们就行动了，并取得了最好成果。当然，只是在此时，我才确定我们要找的是包格斯珍珠，这是由于被害者的姓名使我联想起那两件事。那么只剩下一个半身像——瑞丁区的那座——而且珍珠肯定在那里。所以，我当着你们的面从物主那买了来——珍珠就在这儿。"

我们默默无声地坐了一会儿。

雷斯垂德说："福尔摩斯先生，我看你处理过很多案子，但是都不像此案的办理那么巧妙。我们苏格兰场的人不是忌妒你，不是的，先生，而是引以为傲。如果你明天能去的话，无论是老侦探还是年轻探员，都会高兴地同你握手，向你祝贺的（体现出福尔摩斯过人的办案本领）。"

福尔摩斯说："谢谢你！谢谢！"说完，他转过脸去。我从未见过他由于人类的温情而如此激动。过了一会儿，他又冷静地投入了新的思考。他说："华生，把珍珠放入保险柜里，拿出康克·辛格尔顿伪造案的文件来。再见，雷斯垂德，如果你遇到什么新问题，我会尽我的一切力量去助你一臂之力的。"

阅读鉴赏

在艺术手法上，本章在描摹人物情态、刻画人物语言方面比较突出。如对福尔摩斯的语言和动作的描写，很好地表现了他沉着冷静、思维敏捷的天才侦探形象；对嫌疑犯倍波外貌的描写及对他被捕时动作和神态的描写，表现了一个罪行败露后穷凶极恶的恶棍形象。本章最精彩的文笔就是对抓获嫌疑人过程的描写以及福尔摩斯对案件的分析解释，其缜密的思维、敏锐的洞察力和超常的分析问题的能力令人叫绝。

拓展阅读

黑　手　党

黑手党初指起源于意大利的西西里岛及法国的科西嘉岛的当地秘密结社犯罪组织。黑手党的意大利名称是"Mafia"，中国人称其为黑手党，其实这个词与黑手党的意思没有任何关系。传说，以前的黑手党分子作案后习惯在现场留下一些印记，如一只黑手，交叉的骷髅，因此，中国人习惯称其为黑手党。

丢失的海军密约（上）

导　读

　　一份事关国家安全的机密文件在办公室里神秘失踪，主人为此精神崩溃，面临断送政治生涯的窘境，甚至有生命危险。福尔摩斯先生排除了种种盗窃嫌疑，却迟迟没能破案。到底是谁偷走了这份机密文件？盗窃者又出于怎样的动机和目的呢？

　　我婚后那一年的 7 月是令人难以忘怀的，我有幸和福尔摩斯一同侦破了三起大案，并研究了他的思想方法。我在案件记录中所记载的标题分别是"第二块血迹""海军密约"和"疲倦的船长"。可是其中的第一个案件事关重大，而且牵连到王国中的许多权贵，以至于多年不能公布于众。可是，在福尔摩斯所经手的案件中，再也没有一件能比该案更能显示他的分析方法的独特价值了（作者说唯独这一件最能显示他独特的分析方法，使读者心中充满阅读的欲望）。我至今还保存着一份现场的谈话记录，这是福尔摩斯向巴黎警署的杜布克先生和格坦斯克的著名专家弗里茨·冯沃尔·鲍讲述案情真相的谈话。这两人曾在此案上下过很大工夫，但结果证明他们只是在搞一些无关紧要的问题，这样的话，恐怕到了下一个世纪该案才能公布。因此我现在打算把日记中所记载的第二个案子发表出来，这个案子曾在一段时间内也关系到国家的一些重大利益，其中的一些案情更突出了它独特的性质。

在我的学生时代，我同一个叫珀西·弗尔布斯的少年交往甚密。他差不多和我同岁，但却比我高出两级。他才华横溢，获得过学校所颁发的一切奖励，由于成绩骄人，毕业时他获得了奖学金，获许进入剑桥大学继续深造。我记得，他家中颇有几个贵戚，甚至于在我们还是孩子的时候，我就听说他的舅舅是霍尔特赫斯特勋爵，一位著名的保守党政客。虽然有了这样显赫的亲戚，但他在学校中也没有得到什么好处，相反，我们在运动场上总是捉弄他，用玩具铁环撞他的小腿骨，并引以为乐。不过，在他走上社会后，情况就不同了，我隐隐约约地听说他凭借自己的才华和那些有权势的亲戚，在外交部里谋得了一个美差，在这之后我就完全把他淡忘了，一直到收到下面的这封信，才让我又想起他来。

我亲爱的华生：

我可以肯定，你能记起"蝌蚪"弗尔布斯来，那时你是三年级，我是五年级。可能你也听说了，我凭借我舅父的力量，在外交部里谋得了一份美差，很受人信任和尊重。可是有一件可怕的祸事降临在我的头上，它就快毁了我的前程。这里我没有必要把这件事情的可怕详情讲给你听，要是你答应了我的请求，那我就可以亲口把这一切讲给你听。我患神经错乱已经有几个星期了，现在刚好了一点，却依然十分虚弱（渲染案情的复杂和神秘）。你觉得是否能邀请你的朋友福尔摩斯前来看我？尽管警方已经对我说，对此事他们已无能为力了，但我仍然愿意听一听福尔摩斯先生对此案的意见。我生活在恐惧之中，度日如年，请你邀他尽快前来。请你务必向他说明，我没有及时向他求救，并非是我不钦佩他的才能，而是由于我大祸临头时神志不清了。现在我的大脑已恢复了正常，但又怕旧病复发，不敢多想这件事。我至今仍然非常虚弱，你可以看出来，我只能口述，由别人代笔来写信。请务必邀请福尔摩斯先生前来。

你的老校友 珀西·弗尔布斯

我看到这封信很受震动，他反复提到邀请福尔摩斯，这让人深感怜悯。

我感触良多，心想，即使这件事再困难，我也要设法为他办成。我也了解福尔摩斯是爱惜他的技艺的，并且只要他的委托人相信他，他总是随时乐于助人的。我妻子和我的意见一致：立即告诉福尔摩斯有关此事的情况，一分钟也不应耽误。于是早餐后不到一小时，我就又回到了贝克街的老住处。

福尔摩斯穿着睡衣坐在靠墙的桌子旁，聚精会神地做着化学实验。有一个曲线形的大蒸馏瓶，里边的液体在红红的火焰上猛烈地沸腾着，蒸馏水滴入了一个容积为两升的量具里。我进来时，我的朋友连头也没有抬一下，我看出他的实验一定是很重要的，于是就坐在扶手椅上等着。他看看这个瓶子，又查查那个瓶子，用玻璃吸管从每个瓶子里都吸出几滴液体，然后取出一试管溶液放到桌上，右手拿起一张石蕊试纸测试（如此专注于自己的化学实验，缘于他对案件的投入和认真）。

"你来得正是时候，华生，"福尔摩斯说道，"如果这张纸呈现蓝色，那就一切正常，如果它变成了红色，那它就能置人于死地。"他把试纸浸入溶液，它立即变成了深暗而污浊的红色。

"啊，果然不出我的所料！"他高喊道，"华生，我马上就有时间了，你可以在那边的波斯拖鞋中拿到烟叶。"他转身走到书桌旁边，潦草地写了几封电报，把它们交给了小听差，然后就坐到我对面的椅子上，屈起双膝，双手紧紧抱住了他细长的小腿。

"这只是一件平淡无奇的凶杀案，"福尔摩斯说道，"我想，你会给我带来一件更有趣的案子吧，华生？你要是没有麻烦事，是不会来的。说吧，有什么事？"

我把信递给了他，他全神贯注地读了读。

"这信没有向我们说明多少情况，是吗？"福尔摩斯把信交还给我时说道。

"几乎没有说明什么。"我答道。

"只是笔迹倒是很值得注意的。"

"不过这笔迹不是他的。"

"确实如此，那出自一个女人的手。"

"不，一定是个男人写的。"我大声说道。

"不，是个女人写的，而且是一个具有极不寻常性格的女人所写的。你看，重要的是，从一开始的调查中我们就知道，你的委托人和一个人的关系密切，而那个人无论从哪个方面看，都具有了一种与众不同的性格。这件案子已经让我产生了兴趣，如果你愿意的话，我们马上就可以动身前往沃金，先看一看那位遭受不幸的外交官和照他的口述代笔的那位女人。"

我们来得恰到好处，正好赶上了滑铁卢车站的早班车，一个小时之后，我们就来到了沃金的冷杉和石楠树丛中。从车站步行几分钟，就到了孤零零地坐落在一片辽阔的土地上的一所大宅邸，它就是布里尔布雷。我们递上了名片，被带到了一个摆设雅致的客厅中，几分钟之后，一个相当结实的人殷勤地接待了我们。<u>虽然他的年龄已接近四十岁，但却脸颊红润，目光欢快，仍旧给人一种天真无邪的顽童印象</u>（写出了一个人物的年龄、气色、眼神和整体气质）。

"我热烈欢迎你们的到来。"他和我们握了握手说道，"整整一个早上，他都在盼望你们的消息。啊，我那可怜的珀西是不会放过一根救命稻草的！是他的父母让我来迎接你们的，因为他们一提这件事就感到非常痛苦。"

"对于案子的详情我们还不了解，"福尔摩斯说道，"<u>我看你不是他们家里的人吧？</u>"

我们的新伙伴表情惊异，他低头看了一下，然后大笑了起来（福尔摩斯先生无论何时何地总是会认真细致地观察每一个细节）。

"你一定看到我项链坠上的姓名缩写字母'JH'了，"他说道，"我一时还以为你有什么绝招呢。我叫约瑟夫·哈里森，因为珀西就要和我的妹妹结婚了，所以我也算是他的一个姻亲吧。你们会在珀西的房中见到我的妹妹安妮。这两个月来，她不辞辛苦地照料他。也许现在我们就该进去，你们不知道，珀西是多么急切地想见到你们。"

我们要去的珀西的房间同会客室在同一层楼上。这个房间布置得十分奇特，优雅地摆满鲜花，而且这里既像是卧室，又像是一间起居室。一位面色如土、身体虚弱的年轻人躺在沙发上。沙发靠近窗户，浓郁的花香和初夏宜人的空气从敞开的窗户飘了进来。有一个女人坐在他身旁，看到我们进屋，她就站了起来。

"我用回避吗，珀西？"她问道。

珀西抓住了她的手，不放她走。

"你好，华生，"珀西亲热地说道，"我看到你留着短须，几乎都认不出你了，我敢说，你也一定认不出我了。至于这一位，我猜，他就是你那位大名鼎鼎的侦探朋友歇洛克·福尔摩斯先生吧？"

我简单地把他们介绍给对方，两人一同坐下。那个结实的中年人离开了我们，而他的妹妹由于手被病人拉着，也只好留了下来。她是一个非常惹人注目的女子，身材略显矮胖，显得有些不大匀称，但她有美丽的橄榄色的面容，一双乌黑的意大利人的眼睛，一头乌云一般的黑发。在她美艳容貌的映衬之下，她的伴侣那苍白的面孔越发显得衰弱而憔悴。

"我不想浪费大家的时间，"珀西从沙发上坐起来说道，"所以，我要开门见山地谈这件事。我本是一个快乐而又小有成就的人，福尔摩斯先生，我就要结婚了。可是一件突如其来的祸事将要毁掉我一生的前程。

"华生也许告诉过你。我现在供职于外交部，而且由于我舅父霍尔德赫斯特勋爵的关系，我很快就要被提升了。我舅父担任本届的外交大臣，他交给我一些重要的事务，我也总是办得很好。终于，我赢得了他对我的才能的充分信任和赞赏。

"大约是在十个星期之前，确切的时间是 5 月 23 日，他把我叫到了他的私人办公室中，他先是赞扬了我出色的工作，接着就告诉我说，他有一项新的重要工作要我去做。

"他把写字台中的一个灰色的纸卷拿出来对我说道:'这是英国和意大利签署的秘密协定的原本。遗憾的是,报纸上已经透露出一些传闻。可最重要的是,绝不能再有任何消息泄露出去(从这句话可以看出,这份秘密协定的重要性)。法国以及俄国大使馆正在不惜巨资来打听这些文件的内容。要不是急需一个副本,我是绝不会把它从我的写字台中拿出来的,你的办公室有保险柜吗?'

"'有的,先生。'

"'那你把协定拿去锁在你的保险柜中吧。但我要嘱咐你:你最好是在别人下班之后,自己待在办公室里,以便从容不迫地抄写副本,而不用担心有人会偷看。抄好后,你再把原件和抄本锁进保险柜中,明天早晨再一起交到我本人手中(从这位先生的叙述中可以看出这是一份非常重要的文件)。'

"我拿起文件,就……"

"对不起,打断一下,"福尔摩斯说道,"你们说这些话时,没有别人在场吧?"

"没有。"

"是在一个大房间里?"

"有 30 英尺(1英尺≈0.3米)见方的样子。"

"谈话是在房间中央进行的吗?"

"是的,可以这么说。"

"说话的声音很高吗?"

"不。我舅父说话的声音向来很低,而我则几乎没有说话。"

"谢谢你,"福尔摩斯闭上双眼,说道,"请继续讲吧。"

"我完全按他的吩咐去做,等其他的职员全部离开。只有一个叫查尔斯·戈罗特的还有一点公事没有办完而留在办公室中,于是我就出去吃晚餐,等他离开。当我回来时,他已经走了。我急忙去赶制这些文件,因为我知道约瑟夫——就是你们刚才见过的哈里森先生也在城里,要坐十一点钟的火车到沃金去,我也想赶上这趟火车。

"我一看到这份协定，立刻就发现了它的重要性，舅父的话一丝一毫也没有夸张。不用细看，我就知道，它规定了大不列颠王国对三国同盟的立场，同时它也规定了英国海军在法国海军对意大利海军在地中海上占有完全的优势时所要采取的对策。协定涉及的问题纯属海军方面的。协定的最后是双方高级官员的签名。我在草草地看过之后，就坐下来开始抄写。

"这是一份很长的文件，用法文写成，共有二十六项条款。我尽全力抄写，可是直到晚上九点钟，我也只是抄了九条。看来晚上十一点的火车我是赶不上了。由于整日的劳顿又加上晚饭没有吃好，我感到头昏脑涨①，昏昏欲睡，想要喝一杯咖啡清醒清醒头脑。在楼下有一个小门房，整夜都会有一个守门人在那里，按惯例为值夜班的职员用酒精灯烧咖啡，所以，我就按铃召唤他。

"让我惊奇的是，应召而来的是一个身材高大，而且粗俗的老女人。她系着一条围裙，她自己解释说，她是看门人的妻子，是那里的杂役。我就叫她去煮咖啡。

"我又写了两条，可是我的脑袋愈发感到胀痛了，我站起身来，在屋里踱来踱去，伸展了一下双腿。可是咖啡还没有送来，我想知道是什么原因，便打开门，顺着走廊走过去看个究竟。从我抄写文件的办公室中出来是一条笔直的走廊，里面灯光昏暗，它也是我办公室的唯一出口。在走廊的尽头是一段弯转的楼梯，看门人的小房就在楼梯下面的过道旁。有一个平台在楼梯的中间，并且有另一条走廊通向这个平台，在楼梯的平台处呈丁字形。这第二条走廊的尽头有一段楼梯通向旁门，专供仆役们使用，也是与查尔斯街相通的一条捷径。这就是那个地方的略图（为福尔摩斯对整个案件进行推理分析提供依据）。"

"谢谢你，我觉得我完全听明白了你所说的事情。"歇洛克·福尔摩

---

① 头昏脑涨：因病或因重大刺激而造成的头脑昏沉的感觉。

斯说道。

"请您注意，下面就是最主要的部分了。我走下楼梯进入大厅，看到守门人在门房中睡意正浓，咖啡在酒精灯上的壶里沸腾着，咖啡都溢到了地板上。我提下壶，灭掉了酒精灯。正在我要伸手叫醒那个熟睡的人时，突然间，他头顶上的铃声大振，这使他一下子惊醒了过来。

"'弗尔布斯先生！'他睡眼惺忪地望着我说道。

"'我是来看看咖啡是不是煮好了。'

"'我正在煮，可是不知不觉就睡着了，先生。'他望着我，又抬头看看仍在颤响的电铃，露出一种更加吃惊的神色。

"'先生，既然你在这里，那么又是谁在按铃呢？'他问我。

"'按铃！'我叫道，'按什么铃？'

"'这是在你的办公室中按的铃（听了看门人的提醒，弗尔布斯先生像触电一样迅速跑上楼梯的举动就很正常了）。'

"我的心一下子就像是被人用力揪住了一样。这样一来，一定是有人在我的办公室中了，而我的那份宝贵的协定就放在桌子上。福尔摩斯先生，你可以想象，当时我像疯了一样跑上楼梯，奔向走廊，可是走廊中空无一人，屋里也没有人。一切都和我离开时一模一样，只是交由我保管的那份文件原本不见了，桌上只剩下了还未抄完的副本。"

福尔摩斯笔直地坐在椅子上，揉搓着双手。我看得出来，这件案子引起了他极大的兴趣。

"请原谅，在那以后你干了些什么？"他低声问道。

"我立刻想到，盗贼一定是从旁门上来的，因为他要是从正门上楼的话，那我就一定会碰上他的。"

"你确信他不会一直藏在屋里，或走廊上的什么地方吗？你不是说走廊灯光很暗吗？"

"这是完全不可能的。因为无论是在室内还是在走廊上，没有一处可以藏身的地方，那里根本就没有藏身之处。"

"谢谢，请继续吧。"

"看门人看到我大惊失色，推测一定是出了什么可怕的事情，于是就跟着我上楼去。接着，我们两人又顺着走廊奔向通往查尔斯街的陡峭的楼梯。楼底下的旁门关着，没有上锁。我们立刻推开门，冲了出去。我记得很清楚，在我们下楼时附近的大钟敲了三下，正是九点三刻。"

"嗯，这是很重要的一条线索。"福尔摩斯说着就在他的衬衫袖口上把它记了下来（随时记下每一条线索，是一名出色侦探所必备的职业素养）。

"这是一个阴雨绵绵的夜晚，天色漆黑（阴雨连绵的夜晚，漆黑的天色，为盗贼提供了很好的保护伞），查尔斯街上空无一人，可是在大街尽头的百万路上却是人来车往，热闹非凡。我们连帽子也顾不上戴就沿着人行道跑了过去。在右手的拐角处，我们看到了一个警察。

"'发生盗窃案了！'我气喘吁吁地说道，'有一份极为重要的文件被人从外交部偷走了，有人从这条路上经过吗？'

"'我在这里刚刚站了一刻钟，先生。在这段时间里只有一个披着一条佩兹利披巾的高个子老妇人经过。'

"'啊，那是我老婆，'看门人高喊道，'没有别人了吗？'

"'一个人也没有。'

"'这样看，小偷一定是从左边的拐角逃走了。'那个家伙扯着我的袖子答道。

"可是我并不相信他的话，而他试图把我引走，反而增加了我对他的怀疑。

"'那个女人朝哪儿走了？'

"'我不清楚，先生。我只看到她匆匆忙忙地从我身边走过去，我毫无理由去注视她。'

"'这有多长时间了？'

"'啊，不长。'

"'不到五分钟吗？'

"'对，不过五分钟。'

"'现在每分钟的时间都很宝贵，而你，先生，你却在浪费它！'看门人高喊道，'请相信我，这事和我绝不相干，快到街左边去找找看吧！好，你不去，我去。说着，他就向左边跑去了。'

"可是我却一下子跑过去，抓住他的衣服问道：'你住在哪里？'

"'布里克斯顿的艾维巷 16 号，'他回答道，'可是你千万不要让自己被假线索迷惑了，弗尔布斯先生，我们最好到这条街的左端去打听一下，看能否打听到点儿什么。'

"我想，照他的意见去做也没有什么坏处。于是我们两个和警察都急急忙忙赶过去，可是街上的行人个个神色匆匆（形容人神态急急忙忙），谁都想在这个阴雨之夜早点回到安身之处，没有一个闲人能告诉我们谁曾经走过。

"我们只好又返回外交部，把楼梯和走廊搜查了一遍，可是没有任何结果。在通往办公室的走廊上铺着一种米色的漆布，颜色很浅，如果有脚印就很容易被发现。我们检查得非常仔细，可是连一点儿脚印的痕迹

也没有发现。"

"那天晚上一直在下雨吗？"

"大约是从七点钟开始的。"

"那么，那个女人在九点钟左右进入到室内，她穿的带泥的靴子，怎么会没有脚印呢？"

"我很高兴你也想到了这一点，这个杂役女工有一个习惯，就是在看门人的房里脱下靴子，换上一双布拖鞋。"

"明白了。也就是说，那晚虽然下着雨，但却没有发现脚印，对吗？这是一连串非常重要的事件，下一步你们又是怎么做的呢？"

"我们把房间也检查了一遍，这个房间中没有暗门，窗户离地面足有30英尺高。两扇窗户都从里面插上了插销，地板上也铺着地毯，也不可能有地道门，天花板是用普通的白灰刷的。我敢用性命来担保，无论是谁偷走了我的文件，他只能从房门逃跑。"

"壁炉呢？"

"那里没有壁炉，只有一个火炉。在我的写字台右首是电铃，谁要是要按铃就必须走过去。可是为什么罪犯要去按铃呢？这是一个最难以解释的疑团。"

"这件事实在是很不寻常，你们下一步的措施又是什么呢？我想，你们检查了房间，是否找到了一些犯罪分子留下的痕迹？比如说，烟头、失落的手套、发夹或其他什么小东西？"

"没有这一类的东西。"

"没有闻到一些奇怪的气味吗？"

"唉，我们没有注意到这一点。"

"啊，在调查案件的时候，即使有一点烟草的气味对我们也是很有价值的（说明办案时的细节很重要）。"

"我从不吸烟，我想，当时屋里只要有一点烟草的气味，我也会闻出来的，可是那里确实一点烟味也没有。唯一确凿的证据就是那个看门人的妻子，叫坦盖尔太太的女人，是从那个地方慌忙走出去的，就连看门人也无法解释这件事情，他只是反复说明他的妻子平常也是在这个时间回家。警察和我则一致认为，要是那个女人确实偷走了文件，那么最好在她还没有把它脱手之前就抓住她。

"这时苏格兰场接到了报案，侦探伍波斯先生立刻就赶来了，全力以赴地侦破这件案子。我们雇了一辆双轮双座马车，不到半小时，我们就到了看门人所说的地点。坦盖尔太太的长女给我们开了门，说她的母亲还没有回来，并让我们到前厅去等候。

"大约十分钟之后，有人敲门，这时我们犯了一个错误，就是我们没有亲自去开门。对此，我们只能责怪自己。姑娘开了门，我们听到她说：'妈妈，家里有两个人，他们急着要见你。'接着我们就听到了一阵急促的脚步声跑过了过道。伍波斯猛然把门推开，我们两个人跑进后屋，也就是厨房，可是那个女人抢先走了进去。她用十分不友好的目光盯着我们，后来她认出了我，脸上就浮现出了一种十分诧异的表情。

"'怎么，这不是弗尔布斯先生吗？！'她大声说道。

"'喂！你把我当成什么人了？为什么要躲开我们？'伍波斯问道。

"'我还以为你们是和我们有纠葛的那个旧货商呢。'她说道。

"'这不是个很好的借口，'伍波斯说道，'我们有证据认为你从外交部里拿走了一份重要的文件，然后又跑到这里来处理它。你必须跟我们回到苏格兰场接受调查。'

"她提出了抗议，并进行了徒劳的抵抗。我们叫来了一辆四轮马车，三个人都坐了进去。临走之前，我们仔细检查了那个厨房，尤其是厨房里的灶火，想看看她一个人在那里的时候是否把文件扔进了火堆中。然而，那里没有一点碎屑或灰烬的痕迹。一到苏格兰场，我们就把她交给了女搜查员。我们非常着急，好不容易等来了女搜查员的报告，但报告却说没有找到文件（又找不到任何证据，搜查似乎陷入了僵局）。

"这时，我才意识到了自己处境的可怕程度，迄今为止，我只顾搜寻文件了，根本没有顾上思考。我一直确信我能很快找到那份文件，因而我一点也没有想到如果找不到，后果会是怎样的。可是现在，搜寻工作进入了僵局，我也就有时间来考虑自己的处境了。那实在太可怕了。华生也许告诉过你，我在学校的时候，是一个胆小而敏感的孩子，我的性格就是这个样子的。我想到了我的舅父和他内阁中的臣僚，想到了我给他们带来的耻辱，想到了我给自己和亲友带来的耻辱。我个人成了这个意外事件的离奇牺牲品又算得了什么呢？更重要的是外交文件事关国家利益，决不允许出一点儿意外差错的。我被毁了，毫无希望地可耻地毁掉了。我也不知道自己做了什么事，我只是迷迷糊糊地记得有许多人站在我的周围，他们极力安慰我。我想我一定是大闹了一场。有一位同事陪我一同乘车到了滑铁卢，把我送上了去沃金的火车。我相信，要不是当时我的邻居费里尔医生也是乘坐这趟火车，那么我的同事一定会把我护送到家的。这位医生对我的照顾非常周到，也亏了他这样地照顾我，因为在车站时我就昏厥了一次，我在到家之前几乎成了一个语无伦次的疯子。

"你可以想到，当医生按铃把我的家人从睡梦中惊醒时，他们看到了我的这副模样，可怜的安妮和我母亲几乎是肝肠寸断。费里尔医生刚刚在车站听侦探讲过事情的经过，便又把它对我的家人讲了一遍。谁都明白，我的病不是一时半会儿就能治好的，于是就让约瑟夫赶快搬出了他的这间心爱的卧室，把它改成了我的病房。福尔摩斯先生，我已经在这里躺了九个多星期，不省人事，脑神经极度错乱，要不是哈里森小姐的细心照顾，还有医生的关心，我恐怕现在也不能和你们讲话。安妮小姐白天在这里照看我，另有一位护士在晚上陪我，因为我在神经病发作时，是什么事都做得出来的。直到最近三天，我的头脑才逐渐清醒了过来，记忆力才一点点地恢复，可我却希望它不恢复才好。我办的第一件事情就是给经办这件案子的伍波斯先生发去了一封电报。他来到这里向我做了说明，虽然他用尽了各种办法，却没有找到一点儿线索，运用了各种手段检查了看门人和他的妻子，也未能弄明白事件的真相。于是警方又把怀疑的目光集中到了年轻的戈罗特身上，因为他是那天下班之后在办公室中逗留时间最长的人。他的身上只有两点比较可疑：一是他那天走得最晚，二是他有一个法国名字。可是，事实是他走之前，我还没有开始抄那份协定；另外，他的祖先有胡格诺派教徒的血统，但在习惯和感情上，他像你我一样，是英国人。无论从哪个方面看，都找不到确切的证据把他牵扯进去。于是，这件案子就此停了下来。福尔摩斯先生，你是我最后的希望了，如果你让我失望的话，我的一切就全部断送了。"

由于谈话的时间过长，病人感到疲乏，他便斜靠在垫子上，这时护士给他倒了一杯镇静剂。福尔摩斯向后仰着头，双目微闭，坐在那里一言不发。这在旁人看来，似乎完全是一副无精打采的样子，可我知道这表明他正在进行紧张的思考。

"你讲得非常清楚，"他终于说道，"我要问的问题已经不多了。但是，我还有一个重要的问题要弄明白，你告诉过什么人你要执行这项特殊的任务了吗？"

"一个人也没有告诉过。"

"比方说，这里的哈里森小姐你也没有告诉过吗？"

"没有。在我接受任务和执行命令的这段时间里，我没有回过沃金。"

"你的亲友中也没有一个人碰巧去看你吗？"

"没有。"

"你的亲友中有人知道你办公室的路径吗？"

"啊，是的，那里的路我全都告诉过他们。"

弗尔布斯对自己工作的保密性认识得还是不够。

"当然，要是你没有把有关协定的事告诉过别人，那这些询问就没有必要了。"

"我什么也没有说过。"

"你了解看门人的情况吗？"

"我只知道他是一个老兵。"

"是哪个部队的？"

"嗯，我听说是科尔特里斯警卫队的。"

"谢谢你。我肯定，我能从伍波斯那里得知详情。官方是非常善于搜集事实的，可是他们却不能利用这些事实。噢，玫瑰花这东西多么可爱啊！"

他走过长沙发，到开着的窗前，伸手扶起一枝低垂的玫瑰花枝，欣赏着这些娇艳欲滴的花朵。在我看来，这还是他性格中一个新的方面。因为我以前还没有见过他对自然物表现出如此强烈的爱好。

"天下的事没有比宗教更需要推理法的了。"他把背斜靠着百叶窗，说道，"这种推理法可能会被推理学者们逐步建成一门精密的学科。据我来看，按照推理法，我们对上帝仁慈的最高信仰就是寄托于鲜花之中的。因为其他的东西：我们的本领、我们的愿望、我们的食物，这一切首先都是为了生存的需要。而这些花朵就截然不同了，它的香气和它的色泽都是生命的点缀，而不是生存的条件。这是只有仁慈才能产生的不凡的品格。所以我要说一说，人类在鲜花中寄托着巨大的希望。"

珀西·弗尔布斯和他的护理人在福尔摩斯论证这一切的时候望着他，脸上露出了极度惊奇和失望的神色。福尔摩斯手中拿着玫瑰花陷入了沉思，就这样过了几分钟，才由那位女子打破了沉寂。

"福尔摩斯先生，你看出解决这一疑团的希望了吗？"她用一种刺耳的声音问道。

"啊，什么疑团？"福尔摩斯微微一愣，才又回到了现实生活中来，回答道，"嗯，要是否认这件案子复杂而又难解，那是非常愚蠢的。不过，我可以答应你们，我会深入调查这件事情，并把我所了解的一切情况告诉你们。"

"你看出什么线索了吗？"

"你已经为我提供了七条线索，但我必须先检验一番，才能断定它们的价值（体现他做事的严谨和认真）。"

"你怀疑哪一个人？"

"不，我怀疑我自己。"

"什么？！"

"怀疑我的结论下得太快了。"

"那你就回到伦敦去检验你的结论吧。"

"哈里森小姐，你的建议非常奇妙，"福尔摩斯站起身来说道，"我想，华生，我们不能有更好的办法了。弗尔布斯先生，你不必奢望，这件事是非常稀奇怪异的。"

"我会期待再与你见面的。"这位外交部官员大声说道。

"好，虽然我不一定能给你带来好消息，可我明天还是会乘这趟班车来看你的。"

"愿上帝保佑你成功！"我们的委托人高声叫道，"我知道你会采取有效措施的，这就给了我新生的力量。顺便说一句，我接到霍尔德赫斯特勋爵的一封信。"

"啊！他在信中说了些什么？"

"他的反应冷淡，但却不是很严厉。我可以肯定，这是因为我重病在身他才没有苛责我。他反复说事关绝密，又说除非我恢复了健康，有机会挽救我的过失的话，我的前途——他当然是指我被革职——是无可避免的。"

"啊，这是合乎情理而又考虑周密的。"福尔摩斯说道，"走啊，华生，我们还有一整天的工作要做呢（福尔摩斯已经对案件考虑得很清楚了）！"

约瑟夫·哈里森先生用马车把我们送到火车站，我们很快就搭上了去朴次茅斯的火车。福尔摩斯一直沉浸于深思之中，一言不发，直到我们过了克拉彭枢纽站，他才张口说话：

"无论从哪一条铁路进伦敦，都能居高临下地看到这样一些房子，这真是一件令人非常高兴的事情。"

车外的景色是不堪入目的，所以我以为他在说笑话，可他立即解释说：

"你看那片孤立的房子，它们矗立于青石之上，就像铅灰色海洋中的砖瓦之岛一般。"

"这是一些寄宿学校。"

"不，我的伙计，那是灯塔！未来的灯塔！每座灯塔中都装满了千百颗光辉灿烂的小种子，将来英国会在他们这一代的手中变得更加富强（表现出福尔摩斯先生积极乐观的心态和对未来的展望）。我想，弗尔布斯这个人不会饮酒吧？"

"我想他不会饮酒。"

"我也这样想，可是我们是应该把一切全都预料到的。这个可怜的人已经陷入了水深火热之中，问题是我们有没有能力救他上岸。你觉得哈里森小姐怎么样？"

"她是一位性格倔强的姑娘。"

"是的。如果不是我看错了的话，她一定会是个好人。她和她的哥哥是诺森伯兰附近一个铁器制造商的孩子。去年冬天旅行时，弗尔布斯与她订了婚，她哥哥陪同她前来和弗尔布斯家里人见面。现在出了这样不幸的事，她就来照顾她的未婚夫，而她的哥哥约瑟夫·哈里森发觉这里相当舒适便也留了下来。你看，我已经做了一些单独的调查。不过，今天一天我必须进行调查工作。"

"我的医务……"我开始说道。

"啊，若是你觉得你的那些医务比我的这件案子更重要……"福尔摩斯有些尖刻地说道。

"我是想说我不妨在这一年中最为清淡的时候，把医务耽搁一两天。"

"太棒了，"福尔摩斯说道，他又恢复了高兴时的心情，"那我们就一起来研究一下这件案子吧。我想我们应该从访问伍波斯入手。他大概能讲出一些我们所需要的一切细节，然后，我就知道应该从哪一方面来破案了。"

"你的意思是，你已经有线索了？"

"对，我们已经有了几条线索了，不过只有经过进一步调查，才能检验它的价值。找不到犯罪动机的案件是最难查办的，但是这件案子也并非没有犯罪动机。可是，什么人可以从中得到好处呢？法国大使？俄国大使？那位可以把协定出卖给其中一个大使的人还有霍尔德赫斯特勋爵。"

"霍尔德赫斯特勋爵！"

"对，可以这样想，一个政治家出于政治目的，可能毫不后悔地借机销毁这样一份文件。"

"霍尔德赫斯特勋爵不是一个有光荣履历的内阁大臣吗？"

"这只是一种可能，我们不能忽略这一点。我们今天就去拜访这位高贵的勋爵，看看他能不能为我们提供一些新的情况，同时，我已经在进行调查了。"

"已经进行了？"

"对，我在沃金车站给伦敦各家晚报都发了一份电报，每家晚报都将刊登这样的一份广告。"

福尔摩斯交给我一张从日记本上撕下来的纸，上面用铅笔写着：

5月23日晚9点3刻，在查尔斯街外交部门口或附近，从一辆马车上下来一位乘客，知情者请将马车号码告知贝克街221号乙，赏金十镑。

"你能肯定那个盗贼是乘马车来的吗？"

"即使不是也无妨。如果弗尔布斯说得不错，办公室和走廊上都没有藏身之处的话，那个人一定是从外面进来的。他在这样的一个阴雨天从外面走进来，并且在他走后的几分钟就进行了检查，也没有在漆布上发现有脚印，那么，他很有可能就是乘马车来的。对，我想我们可以十分肯定地推断出，他是乘马车来的。"

"听起来蛮有道理的。"

"这是我说的一个线索，它可以使我们得出某种结论。当然，还有铃声，它也是此案的一个特殊点。他为什么要按铃呢？是不是他在虚张声势？或者是有人和盗贼一块儿进来，故意按铃，以防止盗贼行窃？或者是出于无意？或者是……"他重新陷入了方才那种紧张的思考之中，我对他的心情是很了解的，他一定是又突然想到了一些新的可能性。

阅读鉴赏

本章在情节上层层铺垫，极尽渲染。一开始对这份海军密约重要性的强调，丢失密约后弗尔布斯几近崩溃的精神，一一排除的无用线索，这些都渲染出案件的重大和棘手，也更能反衬出福尔摩斯的聪明智慧和侦探天分。另外，本章在描写人物外貌和情态方面也比较突出。如对弗尔布斯未婚妻的描写，抓住了人物的特点，很好地表现了一位美丽善良而性格倔强的女性形象。

拓展阅读

内　阁

内阁是政府最高级官员代表政府各部门商议政策的组织。内阁制度最早源自于中国明朝时期，由明成祖设立，原为秘书兼顾问组织，后演变为最大的权力机构。西方的内阁制度起源于英国，其内阁是以议会为基础产生的。内阁首相（或总理）通常由在议会中占多数席位的政党或政党联盟的领袖担任。首相（或总理）是内阁政府首脑，主持内阁会议，总揽政务，拥有任免内阁成员和所有政府高级官员的权力，负责制定和执行国家对内对外的重大方针政策。

丢失的海军密约（下）

导　读

　　一份极其重要的海军密约丢失，福尔摩斯先生苦苦调查，最终，他锁定了嫌疑人，正一点点撒下大网……这个隐藏极深的盗窃犯究竟是谁？福尔摩斯又是怎么一步步锁定嫌疑人的呢？

　　我们到达终点站时已经是三点二十分了。在小饭馆匆匆吃过午餐，我们立即赶往苏格兰场。福尔摩斯给伍波斯发了一封电报，所以他正迎候着我们。这个人五短身材，獐头鼠目，态度尖酸刻薄，毫不友好。特别是在他了解了我们的来意后，对我们也更加冷漠了。

　　"在这之前我就听说过你的方法，福尔摩斯，"他用尖酸刻薄的语调说道，"你很喜欢用警方的情报自己破案，接着让警方丢脸。"

　　"事实并非如此，"福尔摩斯说道，"恰恰相反，在我过去所侦破的五十三件案子中，只有四件署过我的名字，而警方却在四十九件案子中获得了全部的荣誉。<u>我不责备你，因为你还年轻，不了解情况，也缺少经验。可是如果你想在你的职业中求得上进，那你就最好和我合作，而不要反对我的意见</u>（体现了福尔摩斯的沉着冷静）。"

　　"我很乐意听取你的指教，先生，"这位侦探改变了态度说道，"到目

73

前为止，我的确还没有从办案中获得过荣誉。"

"你采取过什么措施吗？"

"一直在盯看门人坦盖尔的梢，但他离开警卫队时名声极好，我们也找不到什么证据。他的妻子却是一个坏家伙，我想，她一定知道得很多，而不像她表面上所说的那样。"

"你跟踪她了吗？"

"我们派了一个女侦探去跟踪她。坦盖尔太太好饮酒，女侦探就趁她高兴时陪她饮酒，可是一无所获。"

"不是有一些旧货商到过她家吗？"

"是的。可她已经还清了拖欠的债务。"

"钱是从哪儿来的？"

"一切正常，看门人刚刚领到了年金，可他们却不像是有钱的样子。"

"那天晚上，弗尔布斯先生按铃要咖啡，她上去应承，她这又怎么解释？"

"她说，她的丈夫十分疲乏，她愿意替他代劳。"

"对，当时她的丈夫被发现睡在椅子上，这也就符合事实了。如此说来，那个女人除了品行不端之外，再也没有其他嫌疑了。你没有问问她，为什么那日离开时她神色慌张？就连警察都注意到了她慌慌张张的神情了。"

"她说那天已经晚了许多，所以要急着赶回家。"

"你没有说你和弗尔布斯先生至少比她晚走二十分钟，但却比她还要早到家吗？"

"她解释说，公共马车没有双轮双座马车的速度快。"

"她有没有说，为什么到家以后她急于跑进后面的厨房？"

"她说她的钱全放在那里，她要取出来付给旧货商。"

"她对每一件事都做了回答。你有没有问她，在她离去时，有没有遇到或看见什么人在查尔斯街上徘徊？"

"除了警察，她谁也没有看见。"

"好，你干得非常彻底。除此之外，你还采取了什么措施？"

"这九个星期以来，我们一直在监视戈罗特，但却毫无结果。我们找不出他有什么嫌疑。"

"还有什么？"

"啊，我们已经山穷水尽了，因为一点证据也没有。"

"你有没有想过，电铃为什么会响？"

"啊，我承认，这个问题把我难住了。不管这个贼是谁，他也算十分嚣张了，不仅来了，而且还发出警报。"

"是的，这件事的确很奇怪。谢谢你告诉我们这些情况，如果我们要去抓这个人，我会通知你的。走吧，华生。"

"我们要去哪儿？"我们离开警署时我问他。

"走访内阁重臣，未来的英国首相，霍尔德赫斯特勋爵。"

很幸运，我们来到唐宁街时，霍尔德赫斯特勋爵还待在办公室中。福尔摩斯递上名片，我们立刻被召见了。这位内阁大臣用旧式的礼节招待了我们，让我们坐在壁炉两侧豪华的安乐椅上，他自己站在我们中间的地毯上。此人身材修长、清瘦，轮廓分明，面容和蔼，卷曲的头发过早地变成了灰色，显得气宇不凡，明显露出贵族的气派（侧面描写体现出福尔摩斯的威信）。"久仰你的大名，福尔摩斯先生，"他满面笑容地说道，"当然，对你们的来意我非常清楚，因为本部发生了一件能引起你关注的事件。不过，我想问一句，是谁委托你来调查这件案子的？"

"受珀西·弗尔布斯先生委托。"福尔摩斯回答。

"啊，是我那可怜的外甥！你当然知道我们有亲属关系，可是我不能包庇他。我担心这件意外的事情会对他的前途极为不利。"

"可是，要是能找回文件呢？"

"那自然另当别论了。"

"霍尔德赫斯特勋爵，我有一两个小问题求教。"

"我很乐意奉告。"

"你就是在这间办公室里吩咐他抄写文件的吗？"

"是的。"

"也就是说没有人能偷听到你们的谈话，是吧？"

"这是毫无可能的。"

"你是否曾对别人讲过，会让人抄写这份文件呢？"

"从来没有。"

"可以肯定吗？"

"绝对肯定。"

"好，既然不论是你还是弗尔布斯都没有说过这件事，而且再也没有别人会知道这件事，那么，贼把文件偷走就纯属偶然了。他只是碰到了这样一个机会，就顺手牵羊把文件偷走了。"

这位大臣笑了。

"你说的我已经没有能力来回答了。"霍尔德赫斯特勋爵说道。

福尔摩斯沉思了片刻。

"还有另外一个极其重要的问题，我想和你商讨一下，"他说，"据我了解，你担心文件一旦被传开，那会带来严重的后果。"

这位内阁大臣极富表情的脸上掠过一丝阴影，说道："当然会带来严重的后果。"

"已经产生了吗？"

"还没有。"

"如果这份协定已经落入了法国或俄国人手中，你认为你会得到音信吗？"

"会的。"勋爵脸上掠过一丝极不愉快的表情。

"这样看来，既然已经过了快有十个星期，却还没有消息，那么这就可以推断，由于某种原因，俄、法外交部的人还没有得到这份文件（语言描写体现了福尔摩斯极强的推理能力）。"

勋爵耸耸双肩，表示赞同："福尔摩斯先生，我很难想象，盗贼偷走这份文件只是为了把它放入柜子中，或是把它挂起来。"

"或许他是在等高价出售。"

"要是再等一段时间，那份文件根本就一文不值了，因为再过几个月，这个秘密就将被公开了。"

"这一点非常重要，"福尔摩斯说道，"当然，我们也可以设想，盗贼突然病倒了……"

"比如说精神失常，是吗？"内阁大臣迅速扫了福尔摩斯一眼说道。

"我并没有别的意思。"福尔摩斯冷静地说道，"现在，我们要向你告辞了，我们已经占用了你许多宝贵的时间。"

"祝你成功地找到罪犯，不管他是谁！"这位贵族把我们送出门外，向我们点头说道。

"他是一个出色的人，"我们走到白厅街时，福尔摩斯说道，"不过他必须经过一场斗争才能够保住他的官职。他不是个富有的人，可是花销却很大。你也一定注意到了，他的长筒靴已经换过鞋底了。华生，现在我不会再耽误你的正经工作了，除非我的那个寻找马车的广告有了回音，今天我就无事可做了。不过，如果你明天能和我一起乘坐那班火车去沃金，那我就感激不尽了。"

第二天早上，我如约见到了他，便一同乘火车到沃金去。他说，他的广告没有回音，而这件案子也毫无头绪可言。他说话时尽量把脸绷得像个印第安人一样呆板，因此我不能从他的表情上来判断他是否对这件案子的现状满意。我记得，他谈到了贝蒂荣测量法，他对这位法国学者非常赞赏。

我们的委托人依然由那位忠心的护理人精心照料着，气色看上去已经好多了。看到我们进门，他就毫不费力地从沙发上站了起来迎接我们。

"有线索了吗？"他迫不及待地问道。

"正像我所说的一样，我没有能带来好消息。"福尔摩斯说道，"我见到了伍波斯，也见到了你的舅父，然后调查了一两条可能发现一些问题的线索。"

"那么说，你还没有失去信心。"

"当然没有！"

"上帝保佑你！听到你这样说，真让我感到高兴！"哈里森小姐高声说道，"只要我们不失去勇气和信心，就一定会弄清楚一切的。"

"你对我们没有讲多少，可是我们却有很多情况可以告诉你。"弗尔布斯重新坐在沙发上说道。

"我希望你弄到了一些重要的情况。"

"是的，昨晚我又遇到一件危险的事，的确是非常严重。"他说话时表情严肃，双眼露出极为恐惧的神色。"你可知道，"他说，"我已经相信，我不知不觉地成了一个罪恶阴谋的中心，而他们的目标也不仅仅是我的名誉，而且还有我的生命。"

"啊！"福尔摩斯叫喊道。

"这似乎是让人难以置信①的，因为据我所知，我在世上并没有一个仇敌。可是从昨晚的经历来看，我只能得出有人要谋害我的结论。"

"请讲给我们听一听。"

"你知道，昨晚是我第一次没让人在房间里护理我，自己一个人独睡。我的感觉非常好，觉得自己可以不需要护理了。不过我还是在夜里点了灯。啊，大约是在凌晨两点多钟，我正睡意蒙眬，突然被一阵轻微的声响惊动，那种声音就好像老鼠用牙齿咬木板的声音。于是我躺在床上静听了一会儿，以为真的是老鼠。可后来声音越来越大，并且从窗户上传来了一阵刺耳的金属摩擦声。我惊异地坐了起来，确切无疑地明白了是怎么一回事：头一阵声音是有人从窗户的缝隙间插进工具撬窗户的声音，第二阵声音是拉开窗闩的声音。

---

① 难以置信：事情发生得出乎意料，让人难以相信。

"接着，那些声音平息了十分钟左右，好像那些人在等待，看看那些声音是不是把我惊醒了，接着我又听到了轻微的吱吱声，窗户被慢慢地打开！因为我的神经再也不像往常一样，我就再也忍不住了，一下子从床上跳起来，猛地拉开百叶窗。有一个人正蹲伏在窗户旁，可转眼之间他就跑了。他的头上戴着蒙面布，把面孔的下半部全遮住了，所以我没有能认出他是谁。我只能肯定一件事，他的手里拿着凶器，是一把长刀。在他转身逃跑的时候，我清楚地看到刀光一闪一闪的。"

"这很重要。"福尔摩斯说道，"请问你后来又怎么办了？"

"要是我身体硬朗一些的话，我一定会翻窗过去追上他的，可是那时我只能按铃把全家人叫醒。这期间耽误了一些时间，因为铃装在厨房里，而仆人们又都睡在楼上。不过，我叫来了约瑟夫，他把其他人叫醒了。约瑟夫和马夫在窗外的花圃里发现了脚印，可是近来天气十分干燥，他们跟踪到了草地就再也找不到脚印了。然而，位于路边的木栅栏上，有一个地方有些损坏，他们告诉我说，好像有人从那儿翻过去，在翻越时把栏杆尖都碰断了。因为我想，我最好是先听取你的意见，所以还没有告诉本地的警察。"

我们的委托人所讲述的这段经历，显然在福尔摩斯身上产生了特别的作用，他从椅子上站起来，抑制不住内心的激动，在室内走来走去。

"我真是不走运。"弗尔布斯笑着说道，尽管这次惊险的遭遇让他害怕。

"你的确担着一份风险呢！"福尔摩斯说道，"你看你能不能陪我一起到宅院的四周去散散步？"

"啊，可以的。我愿意晒晒太阳，约瑟夫也一起去吧。"

"我也去。"哈里森小姐说道。

"恐怕你还是不去的为好，"福尔摩斯摇摇头说道，"我想，我必须请你留在这里。"

姑娘快快不乐（形容十分不愉快，丧气的样子）地坐回原来的位置，而她的哥哥则加入了我们的行列，于是我们四人一同出了门。我们走过草坪来到这位年轻外交官家的窗外，正如他所说的，花圃上确实留下了一些痕迹，可是已经非常模糊，无法辨认清楚了。福尔摩斯俯身看了一会儿，接着就耸了耸肩站起身来。

"我看谁也不能从这些痕迹上发现有价值的东西，"他说道，"我们到宅子的四周走走，看看为什么盗贼会选中这所房子。依我的观点，这间客厅和餐室的大窗户应该对他更有吸引力。"

"可是那些窗户在大路上可以看得很清楚。"约瑟夫·哈里森先生提醒说。

"啊，对，当然了。可是这里有一道门，他完全可以从这里进去。这道门是干什么用的？"

"是供商人进出的侧门，晚上当然是锁上的。"

"以前你受到过这样的惊吓吗？"

"从来没有。"我们的委托人说道。

"你房间中有什么贵重的物品能吸引盗贼吗？"

"没有，什么贵重的东西也没有。"

福尔摩斯把双手又插进了口袋中，以一种从未有过的疏忽大意的神情，在房子周围走来走去。

"顺便问一句，"福尔摩斯对约瑟夫·哈里森说道，"听说你发现了一处地方，那个人是从那儿翻越栅栏的，让我们去看看吧。"

这个矮胖的中年人把我们引到一个地方，那里的一根木栏杆的尖被人碰断了，一小段木片还耷拉着。福尔摩斯把它折断，仔细地查看它。

"你认为这是昨天晚上碰断的吗？可是这个痕迹看起来很陈旧，对吧（体现了福尔摩斯的认真仔细）？"

"啊，可能是这样的。"

"这儿也没有跳到栅栏外的脚印。不，我看这只不过是浪费时间，我们还是回到卧室去商量商量吧。"

珀西·弗尔布斯由他未来的姻兄搀扶着，走得非常慢。福尔摩斯和我急速穿过草坪，回到卧室里开着的窗前，把那两个人远远地落在了后面。

"哈里森小姐，"福尔摩斯非常严肃地说，"你一定要一整天守在这里不动，发生任何事也不要离开，这是很重要的。"

"我一定照办，福尔摩斯先生。"姑娘惊奇地说道。

"在你去睡觉之前，请从外面把门锁上，自己拿好钥匙，请答应我这样去做。"

"可是珀西呢？"

"他会和我们一同回伦敦。"

"那我要留在这里吗？"

"是的，这是为了他的缘故。你可以给他帮一个很大的忙。快点！你答应了吧！"

她很快点了点头，表示应允，这时，那两人刚好走进屋来。

"你为什么愁眉苦脸地坐在这里，安妮？"她哥哥高声喊道，"出去晒晒太阳吧。"

"不，谢谢你，约瑟夫，我有些头痛，屋子里挺凉爽，这正合我意。"

"你现在有什么打算，福尔摩斯先生？"我们的委托人问道。

"啊，我们不能因为调查这件小事而失去更主要的调查目标。如果你能和我们一同回到伦敦去，那对我的帮助就太大了。"

"马上就走吗？"

"是的，方便的话越快越好，一小时之内怎么样？"

"我感到身体非常结实了，我真的能助你一臂之力（指一部分力量或不大的力量。表示自己无论如何也献上一分力量去帮助）吗？"

"非常可能。"

"可能你今晚要让我住在伦敦吧？"

"我正打算建议你这么做。"

"那么，我的那位夜访的朋友就会扑空了。福尔摩斯先生，我一切听从你的吩咐，你一定要告诉我们，你打算怎么办？或许你想让约瑟夫一同去，以便在那里照顾我。"

"啊，不用的，你知道，我的朋友华生是位医生，他会照顾你的。如果你答应了这个提议，那我们就在这里吃午餐，饭后三个人一同进城去。"

一切都按照他的建议安排好了，只有哈里森小姐找了个借口，仍然留在那间卧室中。我实在猜不出我的朋友在搞什么名堂，莫不是他想让那位姑娘离开弗尔布斯？弗尔布斯正因为恢复了健康并期望着参加行动，而高高兴兴地坐在餐室中和我们共进午餐。但是，福尔摩斯还有一件更令我们大为吃惊的事：就在我们到了火车站，并上车之后，他却不慌不忙地声明，他不打算离开沃金了。

"我有一两件小事需要在我走之前弄清楚。"他说道，"弗尔布斯先生，你不在这里，在某种程度上反而对我更为有利。华生，你要答应我，你们到了伦敦之后，立刻和我们的朋友一同乘车到贝克街去，一直等到我再见到你们为止。好在你们两人是老同学，一定会有许多可以谈的事情的。今晚，弗尔布斯先生可以住在我的那间卧室中。我明天早上乘八点的火车到滑铁卢车站，赶得上和你们一起共进早餐。"

"可是我们在伦敦进行调查的事怎么办呢？"弗尔布斯沮丧地问道。

"这些事我们可以明天再做，我想我现在留在这里是十分必要的。"

"你回到布里尔布雷后转告他们，说我想在明天晚上回去。"我们的火车刚要离开月台时，弗尔布斯喊道。

"我不一定回布里尔布雷去。"福尔摩斯答道，在我们的火车离站时，他向我们高高兴兴地挥手致意。

弗尔布斯和我一路上都在谈论这件事，可是谁也不能对他的这个新行动找出一个令人满意的理由来。

"我猜想，他是想找出昨夜盗窃案的线索，如果真的有盗贼的话。至于我自己，我一点儿也不相信那只是一个普通的盗贼。"

"那么，你自己的看法是什么呢？"

"老实讲，不论你是否认为这是由于我的神经脆弱，可是我确信，在我的周围进行着某种隐秘的政治阴谋，并且出于某种我不能理解的原因，这些阴谋家要谋害我的性命。这听起来似乎有一些荒唐和夸张，但是请考虑一下事实吧！为什么盗贼竟撬开了无物可偷的卧室窗户？他的手中为什么又拿着长刀呢？"

"你肯定那不是一把用来撬门的撬棍？"

"是的，那是一把刀。我很清楚地看到了反射的刀光。"

"可是他究竟是为了什么要那么仇恨地害你呢？"

"啊，这就是问题所在了。"

"好，如果福尔摩斯也这样想，那么这就可以说明他采取这一行动的原因，对吧？假定你的想法是正确的，他能抓住那个昨夜威胁过你的人，那他就朝盗取海军密约的人这个目标前进了一大步。设想你有两个仇人，一个偷了你的东西，另一个来威胁你的生命，那未免也太荒谬（荒唐，非常离谱）可笑了。"

"可是福尔摩斯说他不回布里尔布雷去。"

"我跟他相处也不是一天半天了，"我说道，"我还从来没有见过他没有充分的理由就去做什么事情。"说到这里，我们就转移了话题。

这一天的旅行把我弄得疲惫不堪。弗尔布斯久病之后依然十分虚弱，他所遭受的不幸使他更加易于激动、紧张、不安。我尽力讲一些我在阿富汗、印度的军旅生涯，讲一些社会问题，讲一些能够给他解闷的事，来让他开心，但却无济于事。他总是念念不忘那份丢失的协定，他惊奇着、猜测着、思索着，想知道福尔摩斯正在做些什么，霍尔德赫斯特勋爵正在干什么，明天早上我们会得到什么结果。夜色降临之后，他由于紧张而变得异常痛苦。

"你非常相信福尔摩斯吗？"

"我亲眼看到他破了许多神秘的案子。"

"但没有如此重大的案子吧？"

"这倒是不太清楚。但我的确知道他曾经为欧洲三家王室办过极其重要的案子。"

"我很了解他,华生。他是一个神奇的人物,我不知道我该如何理解他。你认为他有希望成功吗?你认为他打算侦破这件案子吗?"

"他什么也没说。"

"这不是一个好的兆头。"

"恰恰相反,我曾注意到,他失去线索的时候总是坦率地说失去了线索。在他查到了一点线索而又没有十分把握的时候,他的话就特别少。现在,我亲爱的朋友,为了这些没有到来的消息使自己心神不安,这丝毫于事无补（对事情有什么益处）。我说你还是先上床去睡觉,明天早上才能处理那些消息。"

我终于说服了我的同伴上床睡觉,但我从他激动的神态中看出,他是没有希望安睡的。我一觉醒来已是早上七点,便立刻跑到弗尔布斯房中,看到他面容憔悴,就知道他一定一夜未睡。他看到我后,第一句话就是询问福尔摩斯是否已经回来。

"他既然已经答应了,"我说道,"那他一定会准时回来的。"

我的话一点儿也不错,八点刚过,一辆马车就疾驰到门前,我的朋友从车上跳了下来。我们站在窗前,看到他的左手缠着绷带,脸色苍白而严肃。他走进屋里,过了一会儿才来到楼上。

"他似乎已经精疲力竭了。"弗尔布斯喊道。

我必须承认他是对的,我说道:"毕竟线索还是在城里的。"

弗尔布斯呻吟了一声。

"我不知道这是怎么回事,"他说道,"可是我对他回来抱着很大的希望。可他的手昨天还没有像这样缠着,这究竟是怎么回事呢?"

"福尔摩斯,你受伤了吗?"我的朋友走进屋里时,我问道。

"唉,这不过是由于笨手笨脚擦伤了点皮肉,"他一面点头向我们问候,一面回答道,"弗尔布斯先生,你的这件案子同我过去所办的案子相比,确实是最隐秘的了。"

"我怕你对这件案子是力不从心了。"

"这是一次十分奇异的经历。"

"你手上的绷带说明了你曾遭遇的危险，"我说道，"你能不能告诉我们发生了什么事情？"

"等吃过早餐后再谈吧，我亲爱的华生，别忘了今天早晨我从萨里赶了 30 英里路。大概，我的那份寻找马车的广告还没有着落吧？好了，我们不能指望一切都很顺利。"

餐桌已经准备好了，我刚要按铃，赫德森太太就把茶点和咖啡送来了。几分钟后，她又送上了三份早餐。我们就一齐坐下来，福尔摩斯狼吞虎咽地吃起来（体现了福尔摩斯办案的辛苦），我好奇地看着眼前的一切，弗尔布斯则闷闷不乐，无精打采。

"赫德森太太很善于应急，"福尔摩斯把一盘咖喱鸡的盖子打开说道，"她会做的菜是有限的，可是像所有的苏格兰女人一样，这份早餐准备得很妙。华生，你的是什么菜？"

"一份火腿鸡蛋。"我答道。

"太棒了！弗尔布斯先生，你喜欢吃哪一样？咖喱鸡还是火腿鸡蛋？要不，你就吃自己的那一份吧。"

"谢谢你，可我什么也吃不下去。"弗尔布斯说道。

"啊，来吧，请你随便吃一点儿吧。"

"谢谢你，我确实没有胃口。"

"好，那么，"福尔摩斯调皮地眨了眨眼睛，说道，"我想你不会拒绝我的好意吧。"

弗尔布斯打开了他面前的那一份。他刚一拿起盖子，就发出了一声尖叫，脸色变得像菜盘一样苍白，坐在那里望着盘子发呆。原来，盘子中放着一个蓝灰色的小纸卷。他一把将它抓起来，双眼直勾勾地盯着它，然后把那纸卷按在胸前，高兴得尖声喊叫，在室内如痴如醉地手舞足蹈起来，然后倒在一张扶手椅中。由于过分的激动，他显得虚弱不堪，筋疲力尽。我们只有给他灌了一点白兰地，使他不至于昏厥过去。

"好啦！好啦！"福尔摩斯轻轻拍着弗尔布斯的肩膀，安慰他说，"像这样突然就把它放到你面前，实在是糟透了，不过华生会告诉你，我总是忍不住想把事情做得带点戏剧性（体现了福尔摩斯的幽默风趣）。"弗尔布斯抓住福尔摩斯的手吻个不停。

"上帝保佑你，先生！"他大声喊道，"你挽救了我的名誉。"

"好了，你知道，这也关系着我自己的荣誉，"福尔摩斯说道，"我应该请你放心，我办案失败和你受托失信一样，都是不愉快的。"

弗尔布斯把这份珍贵的文件揣进他上衣里面贴身的口袋中。

"我虽不想再一次打扰你吃早餐，可是我却渴望知道你是怎样把它找到的。"

福尔摩斯把咖喱鸡吃完，又喝了一杯咖啡，然后站起来，点上烟斗，安然地坐在了椅子上。

"我先讲讲我做了些什么，又是如何去做的。"福尔摩斯说道，"在车站和你们分手后，我就悠闲地徒步而行，走过风景优美的萨里地区，来到一个叫力布利的小村落，在小客店里吃过茶点，然后又灌满水壶，在口袋中装了一块夹心面包，做好了一切准备工作。我一直等到傍晚，才返回沃金，当我来到布里尔布雷旁边的公路时，已是黄昏时分了。

"我一直等到公路上杳无人迹——我想，那条公路上的行人从来不多——于是我爬过栅栏，来到屋后的宅地。"

"那扇大门日夜都是开着的呀！"弗尔布斯突然喊道。

"是的，可是我特别喜欢这么干。我选择了长着三棵枫树的地方，在这些枫树的遮蔽下我走了过去，屋子里没有一个人能看到我。我伏在旁边的灌木丛中，从一棵树匍匐前进到另一棵树——我裤子的膝盖破成这样就是证明，一直爬到了你卧室对面的那丛杜鹃花旁边。我在那儿蹲下来，等候事情的发展。

"你房中的窗帘没有放下，我可以看到哈里森小姐坐在房中看书。她合上书关牢百叶窗退出卧室的时候，已是十一点一刻了。

"我听到她关门，并清楚地听到她用钥匙锁门的声音。"

"钥匙？"弗尔布斯突然喊道。

"对，这是我事先吩咐过哈里森小姐的，我要她在就寝时，从外面把你的卧室门锁上，并亲自拿着钥匙。她认真地执行了我的各项命令。可以肯定地讲，要不是她的合作，你现在就不会见到你口袋中的那份文件了。后来她走了，灯也熄了，我依旧蹲在杜鹃花丛中。

"虽然夜色晴朗，但守候起来却依然让人讨厌。当然，那种激动的心情，就同渔人躺在河边守候鱼群一样。时间等得很久，沃金教堂的钟一刻钟一刻钟地响过，我也不止一次地想到，也许什么事也不会发生了。可是，终于在凌晨两点钟左右，我突然听到拉动门闩和钥匙转动的响声，顷刻间，供仆役们出入的那扇门开了，约瑟夫·哈里森先生出现在月光下。"

形象地表现出福尔摩斯当时的心情。

"约瑟夫？"弗尔布斯突然喊道。

"他没戴帽子，可是身上却披了一件黑斗篷，以便在遇到紧急情况的时候，他可以立即把脸蒙上。他轻手轻脚地从墙壁的阴影下接近窗户，将一把长薄片刀插入窗框，拨开窗闩，然后他就撬开了窗户，又将刀子插进百叶窗缝中，把百叶窗打开了。

"我从藏身之处可以看清室内的情况和他的一举一动，他点燃了壁炉上的两支蜡烛，动手卷起门旁地毯的一角。一会儿，他弯下腰，从地板上取下一块小方木板，那是供管子工修理煤气管道接头时用的。这块木板下面是丁字形煤气管接头，有一条管子通往下面的厨房，给厨房供煤气。约瑟夫从这个隐蔽之处取出一小卷纸来，又把木板重新盖好，把地毯铺平，吹灭了蜡烛。由于我正在窗外守候他，他一下子就撞到了我的怀中。

"啊，这位约瑟夫先生比我想象的要强得多！他拿刀向我扑来，我不得不抓住他，在我占上风之前，我的指甲让刀划伤了。在搏斗结束之后，由于他只能用一只眼睛来看人，所以看起来像个凶犯。可是他听了我的劝告，交出了文件，我就把他放走了。不过，今天早上我给伍波斯发了一份电报，把详情都告诉他。如果他动作迅速，能抓住那个人就太好了。可是如果像我所预料的那样，等他赶到那里时，约瑟夫先生可能已经跑了。嗯，那政府还巴不得这样呢。我想，首先是霍尔德赫斯特勋爵，其次，珀西·弗尔布斯先生都宁愿这件案子不经法庭审理才好。"

"上帝啊！"我们的委托人呻吟道，"请告诉我，难道在我极其痛苦的十个星期中，这份丢失的文件始终和我一起在那间屋子中吗？"

"正是这样。"

"那么约瑟夫……约瑟夫是一个无耻的恶棍和盗贼了！"

"嗨！恐怕约瑟夫是一个比他的外表看上去更阴险、更危险的人物。从他今早对我所说的来看，他在股票交易中亏了血本，为了转转运气，他什么坏事都准备去干。作为一个极端自私的人，一旦有了机会，什么妹妹的幸福、妹夫的前途，他都顾不得了（福尔摩斯对约瑟夫的评价）。"

"我是多么有眼无珠啊！"

"我查明，这件案子的经过是这样的：约瑟夫·哈里森从通向查尔斯街的那个旁门走进外交部，因为他熟悉路，所以你离开办公室的时候，他直接闯了进去。他看到里面一个人也没有，就立刻按了电铃。正在按电铃时，他看到了桌上的文件。一瞥之间，他觉得眼前有一个好机会，可以得到一份极有价值的国家文件，他一下子就把它放到口袋里，扬长而去。正如你所说的，过了几分钟打盹刚醒的看门人才提醒你注意电铃声，这点时间足够他逃跑了。

　　"他乘坐第一班火车到达了沃金，检查了赃物后，他肯定它极为珍贵，便把文件藏到了他认为极为安全的地方，企图在一两天之内取出来，送到法国大使馆或其他肯出个高价的地方。可是你却突然返回家中，使他措手不及，被迫从那里搬了出来。从那以后，屋里始终都有两个人在，使他再也无法拿到他的珍宝。这种情况简直把他急疯了。不过他终于等到了机会，他设法潜入你房间，可你没有睡死，挫败了他的计划。你可能还记得，那天晚上，你没有服用平时所吃的那种药。"

　　"我记得。"

　　"我想，他一定在你的药中做了手脚，因此他才会认为你一定毫无知觉了。当然，我知道，不管在什么时候，只要有机会，他还是一定会冒险再试一试的。你离开卧室自然是他求之不得的机会。我让哈里森小姐一天都待在屋中，为的是使他不能趁我们不在时下手。我一方面让他误认为没有危险，另一方面正如刚才说过的，我要监视着卧室内的动静。我早就知道文件十有八九是在屋中的，但我不愿意拆开所有的地板和墙壁去寻找它。我让他自己把它找出来，这样，我就省了许多麻烦（体现了福尔摩斯的聪明机智）。还有什么地方我没有讲清楚吗？"

　　"第一次他本来可以从门里进去，为什么却偏要去撬窗户呢？"我问道。

　　"从门里进，他得绕过七间卧室，另一方面，他从窗户进去可以毫不费力地跳进草坪。还有什么问题吗？"

"你不认为，"弗尔布斯问道，"他有什么行凶的企图吗？那把刀子只能作凶器用呀！"

"可能是这样，"福尔摩斯耸耸双肩回答道，"我只能肯定地说，约瑟夫·哈里森不是一个正人君子。"

阅读鉴赏

在整个案件的侦破过程中，福尔摩斯于不露声色之中掌握了整个案件的来龙去脉，并冷静地安排好了所有事情，一切都在他的意料之中，表现出了令人惊叹的侦探天分。

在艺术手法上，本章在描摹人物情态方面比较突出。特别是对弗尔布斯先生的描写，他由于丢失密约而精神遭受极大的打击，几近崩溃的边缘。当他看到福尔摩斯帮他找到那份要命的密约时，他那欣喜的神情被描绘得淋漓尽致。

拓展阅读

白 兰 地

白兰地是以水果为原料，经发酵、蒸馏制成的酒。通常所称的白兰地专指以葡萄为原料，通过发酵再蒸馏制成的酒。"白兰地"一词属于术语，相当于中国的"烧酒"。

最后一案

导　读

　　一向神机妙算的福尔摩斯先生遇到了生平最大的对手——极其狡猾的莫里亚蒂教授。对手骗走了华生，只留下了福尔摩斯一个人。等华生突然醒悟赶回来时，看到的只有福尔摩斯的手杖和遗书。我们的神探先生真的就这样死了吗？

　　我怀着悲痛的心情握笔写下这个最后的案件，记下我的朋友歇洛克·福尔摩斯这位杰出的天才。从"血字的研究"第一次把我们组合在一起，到他介入"海军密约"一案——他的介入，无疑防止了一场严重的国际纠纷——尽管写得不很连贯，而且我深刻地感到写得不够充分，但我总是竭尽全力记载了我和他共同的奇异经历。我本打算只写到"海军密约"为止，对那件令我一生遗憾的案件只字不提。两年过去了，这种惆怅却丝毫未减。然而，最近詹姆斯·莫里亚蒂上校发表了几封信，为他兄弟莫里亚蒂教授辩护。我别无选择，只能完全如实地将事实真相公布于众，我是唯一对事情真相完全了解的人。确实，时机已至，再秘而不宣已没有意义了（到底是什么样的案件令华生医生终生遗憾，这些悬念紧紧吸引读者读下去）。据我所知，报纸上对此事的报道有三次，一次见于1891年5月6日《日内瓦杂志》，一次见于1891年5月7日英国各报纸刊载的路透社电讯，最后一次就是我上面提到的几封信,那是最近发表的。第一次和第二次报道都过于简约,而最后一次,正如我要指出的,是对事实的完全歪曲。我有责任把莫里亚蒂教授和歇洛克·福尔摩斯之间发生的事实真相公布于众。

读者也许还记得,自从我结婚及婚后开业行医以来,在某种程度上福尔摩斯和我之间极为密切的关系开始变得疏远了(这句话照应了前文的内容,引出下文)。但是,他在调查中需要助手时,仍然不时地来找我。不过这种情况越来越少了。我发现,1890年时,我只记了三个案子。这一年冬天和1891年初春,从报上我看到福尔摩斯受法国政府的聘请,承办一件很重大的案件,我接到了他的两封信,一封发自纳尔榜,一封来自尼姆,由此,我猜他肯定会在法国待很长时间。然而,出人意料的是,1891年4月24日晚,我看见他又走进我的诊室,尤其令我惊讶的是,他看上去较平日更显苍白和消瘦。

"没错,近来我把自己搞得比过去更疲惫了。"他看见我的神情,不等我发问就抢先说,"最近我有些吃紧,你不反对我关上你的百叶窗吧?"

我用来阅读的那盏灯,现在摆在桌上,室内只有这点灯光。福尔摩斯顺着墙根走过去,关了两扇百叶窗,插紧插销。

"你是害怕什么东西吧?"我问。

"对,我害怕。"

"怕什么?"

"怕气枪袭击。"

"我亲爱的福尔摩斯,这是什么意思?"

"我想你非常了解我,华生,你知道我并不胆小怕事。但如果当危险临头还不承认,那就是有勇无谋了(可以看出这次遇到的案子不是一般的棘手)。能给我一根火柴吗?"福尔摩斯抽着烟,好像很喜欢香烟的镇定作用。

"请原谅,这么晚来打扰你,"福尔摩斯说,"我必须请你破例允许我翻你的花园后墙出去,离开你的住处。"

"这一切都是怎么回事?"我问道。

他伸出手，借着灯光，我看到他两个指关节受了伤，正在流血（指关节已经受了伤，流血了，福尔摩斯已经和对手较量过了）。

"你看，这不是无中生有吧？"福尔摩斯笑道，"这是实实在在的，而且可以弄断人的手呢。你夫人在吗？"

"她出外访友去了。"

"真的！只剩下你一个人了吗？"

"对。"

"那么，我就可以很方便地向你提出请求，请你和我一起去欧洲大陆旅行一周。"

"到什么地方？"

"啊，什么地方都可以，我无所谓。"

这一切都很奇怪。福尔摩斯从不爱漫无目的地度什么假期，而他那苍白、憔悴的面容使我能看出他的神经已紧张到极点（从侧面反映了这个案件的棘手和非同寻常）。从我的眼神中，他看出了这种疑问，就将两手手指交叉在一起，胳膊肘支在膝上，做了一番解释。

"可能你从来没听过有个叫莫里亚蒂的教授吧？"他说道。

"从没有。"

"啊，天下真有英才和奇迹啊！"福尔摩斯大声说，"这个人的势力遍布伦敦，但没一个人听说过他。这就使他的犯罪记录达到登峰造极的地步。我严肃地告诉你，华生，如果我能把他战胜，如果我能为社会除去这个败类，那么，我会觉得我本人的事业达到了顶峰，然后我就可以换一种比较安静的生活了。有件事别告诉别人，近来我为斯堪的纳维亚皇室和法兰西共和国办的那几件案子，给我创造了好条件，使我能过一种我所喜爱的安静生活，而且能集中精力从事我的化学研究。但是，华生，如果我想到莫里亚蒂教授这样的人还在伦敦街头横行无忌，我是绝不安心的，我是绝不能静坐在安乐椅中无所事事的（福尔摩斯不仅具备侦探的天分，还有一颗充满正义的心）。"

"那么，他干了哪些坏事？"

"他的履历非比寻常，他出身良好，受过良好的教育，有非凡的数学天赋。他二十一岁时写了一篇关于二项式定理的论文，曾在欧洲风行一时。借着这篇论文，他在我们一些小学院里获得了数学教授的职位，而且很显然，他前程似锦①。但此人继承了他祖先的极为凶恶的本性，他血液中奔流的犯罪的血缘不但未能减轻，而且由于他那非凡的才能，他反而变本加厉，更具有无比的危险性。在大学区中，有关他的一些劣迹也在流传，他终于被迫辞去教授职务，来到伦敦，打算做一个军事教练，他的情况人们只知道这些。不过，我现在准备告诉你我自己发现的情况（交代本案主要嫌犯的概况——高智商加上凶恶的本性）。

"你是知道的，华生，对于伦敦的那种高级犯罪活动，再没什么人比我更清楚了。最近这几年来，我一直意识到有一股势力在那些犯罪分子背后，那些阴险的事业总成为法律的障碍，成为那些作恶的人的庇护②。我所办理的案子五花八门——伪造案、抢劫案、凶杀案，我一而再再而三地感到这股力量的存在，我运用推理法发现了这股势力在未破的案件中的活动。虽然我个人并未应邀承办，多年来，我想尽办法去揭开荫蔽这股势力的黑幕。这一时刻终于来了。我抓住线索，跟踪追击，经过千百次的曲折迂回才找到这位数学名流、退职教授莫里亚蒂。

"他是犯罪界的拿破仑（这一句话总括了莫里亚蒂的一生）。华生，伦敦城中一半的犯罪活动都由他策划，几乎所有仍未侦破的案件都是他组织的。他是个奇人、哲学家、深奥的思想家，他有人类第一流的头脑。他如蜘蛛蛰伏于蛛网中心，岿然不动，但是蛛网上却有千丝万缕的联系，他了解和掌握着其中每丝的颤动。他很少自己出手，只是提出计策。他有众多党羽，有严密的组织。我能说，如果什么人想作案，要偷取文件，要

---

① 前程似锦：形容前途如锦绣一样十分美好，多用于祝福语。

② 庇护：袒护，掩护。

抢劫一家人，要暗杀一个人，只要递给教授一句话，这些犯罪活动就会周密组织，付诸实施。即使他的党羽被捕，他也有钱去保释他们，或为他们辩护。但这些党羽的幕后指挥的主要人物却从未被捕过——连嫌疑都没有。这就是我推断出的他们的组织状况，华生，我一直在全力揭露和破获这个组织（这究竟是一个怎样的人，让著名的神探先生如此惊叹）。

"但这个教授周围的防范措施很严密，策划异常狡诈，尽管我千方百计地寻找破绽，还是无法获得可以送他上法庭的罪状。我的能力你是知道的，我亲爱的华生。可是努力了三个月之后，我不得不承认，我至少碰到了一个智力与我旗鼓相当的对手。我佩服他的能力，胜过对他罪行的厌恶。终于，他出了个小纰漏，很小很小，当我盯他盯得这么紧的时候，他是连这些小纰漏也不能没有的。我既然已抓住机会，便从这一点开始，到现在我已经在他周围布下法网，一切就绪，只等收网了。在三天内——即下周——时机成熟，教授和他那一帮主要手下，就会完全落入警方手中，那时就会有本世纪以来对罪犯进行的最大的审判，查清四十多件悬案，把他们全部处以绞刑。但如果我们行动略有不妥，你也知道，甚至是在最后关头，他们仍可以逃出我们的掌心。

"唉，如果这种事能做得使莫里亚蒂教授毫无察觉，那就万事顺利了。不过莫里亚蒂实在太狡猾了，我在他周围设网的每一个步骤，他都知道。他一次又一次竭力脱网而逃，我就一次又一次地阻止了他。我告诉你，我的朋友，如果记载下我和他暗斗的详细情况，那必能在明枪暗箭的侦探史册中记下光辉的一页。我还从未达到如此的高度，也从未被一名对手逼压得如此紧迫。他干得非常出色，而我只刚刚超过他（极尽渲染和铺垫，使读者产生极大的阅读兴趣）。今早我已完成了最后部署，这件事只要三天就能办完。

"当时，我正在屋里坐着通盘考虑这件事，房门突然打开了，莫里亚蒂教授站在我面前。我的神情还是相当镇静的。华生，不过我必须承认，当我看到门槛那里站着那个使我耿耿于怀的人时，也不免大吃一惊。

我十分熟悉他的容貌，他个子特别高，瘦削，前额隆起，双目深陷。脸刮得光光的，面色苍白，有点像苦行僧，保持着某种教授风度。他的肩背因为学习过多，有些佝偻，他的脸伸向前，而且左右轻轻地摇摆不停，样子古怪奇异。他双眼眯着，十分好奇地打量我。

"'你的前额并非像我想象的那么发达，先生，'他终于说道，'摆弄睡衣口袋里子弹上膛的手枪，这是个危险的习惯。'

"事实上，在他进来时，我立刻意识到我所面临的巨大的人身威胁。因为对他来说，摆脱困境的唯一方法，就是杀人灭口。因此我匆忙地从抽屉中抓起手枪偷偷放入口袋，而且隔着衣服对准他。他一提这点，我就拿出手枪，拉开枪栓，放在桌上（几个动作的连贯性可以看出当时福尔摩斯反应的敏捷）。他依旧笑容可掬，眯着眼，但他眼神中有种表情使我暗自为手中有这支枪而庆幸。

"'你显然不了解我。'他说道。

"'恰恰相反，'我答道，'我认为我非常清楚地了解你。请坐，如果有什么要说的，我可以给你五分钟时间。'

"'凡是我想说的，你早就知道了。'他说。

"'那么说，你也知道我的回答了？'我答道。

"'你不肯让步吗？'

"'绝不让步。'

"他猛地把手插入口袋，我也迅速地拿起桌上的手枪。但他不过是掏出一本备忘录，上面潦草地写着一些日期。

"'1月4日你阻碍过我行事，'他说，'23日你又碍我的手脚；你在2月中旬给我制造了很大的麻烦；3月底你彻底地破坏了我的计划；在4月将尽时，我发现，由于你不断压迫，我绝对有丧失自由的危险。我已经是忍无可忍了。'

"'你打算怎么做？'我问道。

"'你必须停手，福尔摩斯先生！'他左右摇着头说，'你知道，你真

的必须停手。'

"'过了星期一再说。'我说道。

"'啧，啧！'他说道，'我确信，你这么聪明的人绝对明白这种事只能有一个结局，那就是你必须停下。你把事情做绝了，我们只剩下这种方法了。看到你把这件事搅成这个样子，对我来说这简直是一种智力上的乐事。我诚恳地告诉你，如果我被迫采取什么极端措施，那是令人痛心的。你笑吧，先生，但我向你保证，那真是令人痛心的。'

"'干我们这行是不可能避免危险的。'我说道。

"'这不是危险，'他说道，'是不可避免的毁灭。你所阻挠的不只是一个人，而是一个强大的组织，尽管你机智过人，但你仍不可能认识到这个组织的雄厚力量。你必须站远些，福尔摩斯先生，否则你会被踏碎的。'

"'恐怕，'我站起身来说，'由于我们谈得太起劲了，我会耽搁我到别处要做的重要的事的。'

"他也站起来，望着我默不作声，悲伤地摇摇头。

"'好，好，'他终于说，'看来很可惜，不过我已经尽力了。我很清楚你的把戏的每一步骤，你在周一前毫无办法，这是一场你死我活的决斗，福尔摩斯先生。你想置我于被告席上，我告诉你，我绝不会站到被告席上的。你想击败我，我告诉你，你绝对不会。如果你聪明到能毁灭我，放心好了，我会与你同归于尽的。'

"'你过奖了，莫里亚蒂先生，'我说道，'我来答谢你一句，我对你说，如果确定能把你毁灭，那么为了社会的利益，即使和你同归于尽，我也心甘情愿。'

"'我答应与你同归于尽，但不是你毁灭我。'他咆哮着说，转身走出屋去（两人的对话预示着一场激烈的战斗即将开始）。

"这就是我和莫里亚蒂教授那场奇异的谈话。我承认，它在我心中的影响是不愉快的。他的话讲得那么平静、明白，使人相信他是确有此意的，一个简单的恶棍是无法办到这一点的。当然，你会说：'为什么不找警察防范他呢？'因为我确信他会叫党羽来害我，我有最充分的证据，证明他绝对会这样。"

"你已经遭袭击了吗？"

"我亲爱的华生，莫里亚蒂教授是不会丧失时机的人。那天中午我去牛津街处理一些事务，刚走到从本廷克街到韦尔贝克街十字路口拐角处时，一辆双马货车闪电般向我猛冲过来。我急忙跳到人行便道上，幸免于千钧一发之际。货车刹那间冲过马里利本巷飞驰而去。经历了此次事故，我就只走人行道，华生。当我走到维尔街时，从一家屋顶上突然落下一块砖，在我脚旁摔得粉碎。我找来警察，检查了那个地方，屋顶上堆满了修房用的石板和砖瓦，他们告诉我是风把那块砖刮下去的。<u>当然我心里清楚，却无法证明有人要害我</u>（说明这个背后作案人的深不可测）。这之后，我就叫了一辆马车，到蓓尔美尔街我哥哥家，在那里度过了白天。我刚才来找你时，路上又被暴徒用狼牙棒攻击，我打倒了他，警察把他拘留了。我的手打在那人的门牙上，指关节擦破了。不过我绝对可以有把握地告诉你，被拘留的那位先生和那个退职的数学教授之间的关系是不可能被查出来的。我敢断定，那个教授现在正在 10 英里外的黑板前解答问题。华生，你听到这些，对于我到你这儿后先关百叶窗，然后又请允许我从后墙而非前门离开此宅，以便不惹人注意，你就不会再感到奇怪了吧。"

我对我朋友的无畏精神一向钦佩。今天发生的这一系列的事件，合起来简直够得上恐怖了，他现在却坐在那儿平心静气地讲述着这一天所经历的那些令人毛骨悚然的恐怖事件，这使我更加钦佩他了。

"你在这儿过夜吗？"我问道。

"不，我的朋友，在这儿过夜我会带给你危险的。我已经拟订了计划，<u>一切会如意的。就逮捕而言，事情已发展到了不用我帮忙也可以将那些不法之徒逮捕的程度了</u>，只是还需要我以后出庭作证（尽管遭受到对手疯狂的报复，福尔摩斯依然保持着冷静和镇定）。因此，在逮捕他们的前几天，我最好是先离开，这样便于警察自由行动。如果你能和我去欧洲大陆游玩一

番，那我就太高兴了。"

"最近正好医务清闲，"我说道，"我又有个愿意帮忙的邻居，我很高兴同你去。"

"明早动身可以吗？"

"如果需要，当然可以。"

"啊，好，非常需要。那么，给你的指令就是这些。我请你，我亲爱的华生，一定要不打折扣地遵行，因为我们现在正同最狡诈的凶犯和全欧洲势力最大的犯罪集团做殊死搏斗。好了，注意！不管你想带什么样的行李，上面一定不要写上往何处，并在今夜派一个可靠的人送到维多利亚车站。明早你雇一辆双轮马车，但吩咐仆人不要雇前两辆主动来揽生意的马车。你跳上马车，用纸条写个地址给车夫。上面写：驶往劳瑟街斯得兰德尽头处，叫他别把纸条丢掉。事先付清车费，车一停，马上穿过街道，于九点一刻到街的另一边。你会见到一辆四轮轿式小马车等在街边，赶车人披着斗篷，领上镶有红边，你上了车，就能及时赶至维多利亚车站搭上开往欧洲大陆的快车。"

"在哪儿和你碰头？"

"车站。我们订的座位在从前往后数的第二节头等车厢里。"

"那么，我们的碰头地点就是车厢了？"

"对。"

我留他住下，他执意不肯。显然，他认为他在这儿住会引来麻烦，这就是他执意离开的原因。他仓促地讲了一下我们明天的计划，就站起来和我一起走进花园。他翻墙到莫蒂默街，呼哨一声，唤了辆马车，我听到他乘车离去。

第二天早上，我不折不扣（没有折扣，表示完全、十足的意思）地照他的指令行事，采取了谨慎的措施，以防雇来的马车是专为我们设的圈套。我吃过早饭，选了一辆双轮马车，立刻驶往劳瑟街。我飞快地穿过这条街，一位身材特别魁梧的车夫，披着黑斗篷，驾一辆四轮小马车在那等着。我一步跨上车，他立刻挥鞭驱马，向维多利亚车站驶去。我一下车，他就掉头疾驰而去。

到目前为止，一切进行得令人佩服不已。我的行李已在车上，我毫不费力地就找到了福尔摩斯指定的车厢，因为只有一节车厢上标着"预订"字样。现在令我着急的只有一件事，那就是福尔摩斯还没来。我看看车站上的钟，只有七分钟就要开车了。我在一群旅客和告别的人群中寻找我朋友那瘦长的身躯，却毫无踪影。我见到一位高龄的意大利教士，嘴里说着差劲的英语，尽力想让搬运工明白他的行李想托运到巴黎。这时我上前帮了点忙，耽搁了几分钟。然后，他又向四周打量了一番。我回到车厢后，发现那个不管票号对不对的搬运工，竟领了那高龄的意大利朋友来与我做伴。尽管我解释给他说不要侵占别人的座位，但根本没用，因为我说意大利语比他说英语更为糟糕，因此我只好无可奈何地耸耸肩，继续向外焦灼不安地张望，寻找我的朋友。我想他可能昨夜遇到了袭击，所以今天未到，不由吓得不寒而栗。火车的所有门都关上了，汽笛响了，此时（本来一切进行得都很顺利，可是火车要开了，福尔摩斯还没来）……

"我亲爱的华生，"一个声音传来，"你还没屈尊向我道早安呢。"

我大吃一惊，回过头来，那位老教士已转过脸来。他那满脸皱纹立刻不见了，鼻子变高了，下嘴唇不突出了，嘴也不瘪了，呆滞的双眼变得炯炯有神，弯曲的身体舒展开来——福尔摩斯不可思议地出现在我面前！然后，他的整个身躯又萎缩了，而福尔摩斯又像来时那样突然消失了。

"天啊！"我高声叫道，"你简直吓死我了！"

"严密防备仍是必要的，"福尔摩斯小声说，"我有理由认为他们正在紧追我们。啊，那就是莫里亚蒂教授本人。"

福尔摩斯说话时，火车已开动了。我向后望了一眼，见一个身材高大的人猛地冲出人群，不住挥手，仿佛想要叫火车停下来似的。不过为时太晚了，因为我们的列车正在加速，一瞬间就出了车站。

"由于做了防范，你看咱们很利落地脱身了。"福尔摩斯满面笑容地说着，并站起身来脱下化装用的黑色教士衣帽，把它们装入手提袋里。

"今天的报纸看过了吗？华生。"

"没有。"

"那么，你不知道贝克街的事吗？"

"贝克街？"

"昨晚他们点着了我们的房子，不过没有造成重大损失（对手竟然烧了福尔摩斯的房子！真的丧心病狂了）。"

"我的天哪！福尔摩斯，这是绝不能容忍的！"

"自从那个用狼牙棒袭击我的人被捕后，他们就找不到我的行踪了，否则他们不会以为我已回家了。不过，显然他们对你预先做了监视，这就是莫里亚蒂来车站的原因。你来时没有留下一点漏洞吗？"

"我完全依计行事。"

"你找到那辆双轮马车了吗？"

"对，他正等在那里。"

"那个马车夫你认识吗？"

"不认识。"

"那是我哥哥迈克罗夫特，在办这样的事时，最好不依赖雇用的人（福尔摩斯做事谨慎至极）。不过我们现在必须订好对付莫里亚蒂的计划。"

"这既然是快车，而轮船又与之联运，我以为我们已成功地甩掉他了。"

"亲爱的华生，我曾说过这人的智力水平和我不相上下，显然这话的意思你并不理解。如果我是那个追逐者，你绝不会认为，我会被这样小小的一点障碍难倒。那么，你又怎能这么小看他呢？"

"他能怎么办呢？"

"我能怎么办，他就能。"

"那么，你想怎么办呢？"

"订一辆专车。"

"但那肯定太晚了。"

"根本不晚。这趟车会在坎特伯雷站停车，平时总是至少要耽搁一刻钟才能上船。他会在码头上抓到我们。"

"那别人还会以为我们是罪犯呢。我们何不在他来到时先逮捕他？"

"那就白费了我三个月的心血，我们虽然能捉住大鱼，但那些小鱼会横冲直撞，脱网而逃。但是星期一我们就可以把他们一网打尽。不行，绝不能提前逮捕他。"

"那怎么办？"

"我们从坎特伯雷站下车。"

"然后呢？"

"啊，接着我们做横贯全国的旅行，到纽黑文去，然后到迪埃普。莫里亚蒂一定会像我在此种情况下会做的那样去巴黎，认准我们托运的行李，在车站等两天。同时，我们买两个睡袋，以便鼓励一下沿途国家的睡袋商，然后自在从容地穿过卢森堡和巴塞尔到瑞士一游。"

所以，我们在坎特伯雷站下了车，但到纽黑文还有一小时才有车到。

那辆载着我全套行装的行李车疾驰而去，我依然心情沮丧地望着。这时，福尔摩斯拉拉我的衣袖，向远处望着。

"你看，果然来了。"他说道。

远方，从肯特森林中升起一缕黑烟，一分钟后，我看到机车引着列车爬过弯道，向车站驶来。我们刚在一堆行李后藏好身，那列车就鸣着笛隆隆驶过，一股热气向我们扑面而来。

"他走了。"我们看着那列火车飞快地越过几个小山丘，福尔摩斯说："你看，我们朋友的智力毕竟有限。他如果能推断出我推断出的事，并采取相应行动，那就非常高超了（福尔摩斯迅速决定半路下车，成功地甩掉跟踪者）。"

"如果他赶上我们，他会怎么做呢？"

"毫无疑问，他一定要杀死我的，不过，这是一场胜负未卜的战斗。现在的问题是，我们在这里提前用餐呢，还是到纽黑文再找饭馆？不过到纽黑文就有饿肚子的危险了。"

当夜我们到达布鲁塞尔，在那儿待了两天，第三天到斯特拉斯堡。周一早上福尔摩斯发了一封电报给苏格兰场，当晚我们回旅馆就见到了回电。福尔摩斯拆开电报，然后痛骂一声就把它扔进了火炉。

"我早就应该料到这一点，"福尔摩斯哼了一声说道，"他跑了。"

"莫里亚蒂？"

"苏格兰场破获了整个集团，但没抓住莫里亚蒂，他逃走了（横生枝节，情节跌宕起伏）。既然我离开了英国，自然没人对付得了他，但我却认为苏格兰场已经胜券在握了。我看，你最好还是回英国去，华生。"

"为什么？"

"因为现在咱俩同行已经很危险了。那个人的老巢已被端了，如果他回伦敦，他会完蛋的。如果我对他的性格了解得不错的话，他必定一心想报仇。在那次和我简短的谈话中，他已经说得很清楚了。我相信他是言出必行的，因此我一定要劝你回去行医。"

因为我曾多次助他办案，又是他的老朋友，我对他的这种建议很难同意。对这个问题，我们坐在斯特拉斯堡饭店争论了半个小时，但还是决定当夜继续我们的旅程，并平安抵达了日内瓦。

我们一路游览，在隆河峡谷度过了令人神往的一周。接着，从洛伊克转程吉米山隘，山上仍有很厚的积雪。最后取道因特拉肯，到迈林根。这是一次赏心悦目的旅行，山下春光明媚，一片嫩绿，山上白雪皑皑，仍是寒冬。但我很清楚，福尔摩斯心头的阴影一时一刻也未消散。无论是在纯朴的阿尔卑斯山林，还是在人迹罕至的山隘，他总把警惕的目光投向每一个经过我们身边的人，仔细打量。从这件事我看出，他相信无论我们走到哪里，都有被跟踪的危险。

我记得，一次我们通过吉米山隘，步行经过令人郁闷的道本尼山边界时，突然从右方山脊上落下一块大石，咕咚一声掉下来，滚入我们身后的湖中。福尔摩斯立刻跑上山脊，站在高耸的峰顶，伸颈四望。尽管我们的向导对他保证，在这个地方春天山石坠落是正常现象，但无济于事。

虽然他默不作声，却对我微笑着，那种神情好像早已料定会有此事一样。

福尔摩斯十分警惕，但并未灰心丧气；恰恰相反，我以前从未见他如此精神抖擞过。他一次次反复提起，如果他能为社会把莫里亚蒂这祸害除掉，那么，他甘愿将他的侦探生涯终止。

"华生，我完全可以说，我此生完全没有虚度，"福尔摩斯说，"如果我的生命之旅终止于今夜，我也可以视死如归，问心无愧（扪心自问，毫无愧色。问心，问问自己）。我的存在清新了伦敦的空气。在我办理的一千多件案子中，我相信，我的力量从未用错地方。我对于研究那些社会的浅薄问题不感兴趣，那是由我们人为的社会状态造成的，我更喜欢研究自然界提出的问题。华生，有一天，当我捕获或消灭了那位欧洲最危险而又最有能力的罪犯时，我的侦探生涯就告终了。而你的回忆录也就能收尾了。"

我准备尽量简要地、准确无误地把这个故事讲完。我对这件事本来是不想细讲的，但我的责任心不允许我把任何细节遗漏。

5月3日，我们到了荷兰迈林根的一个小村镇，住在老彼得·斯太勒开的"大英旅社"里。店主人很聪明，曾在伦敦格罗夫纳旅馆做过三年侍者，会说一口流利的英语。4日下午，根据他的建议，我们两人一起出发，准备翻山越岭去罗森洛依的一个小村过夜。不过，他郑重地建议我们不要错过半山腰上的莱辛巴赫瀑布，可以稍绕些路去游览一番。

那地方确实险恶。融雪汇成急流，注入万丈深渊，水花四溅，好像房屋失火时冒出的浓烟。河流注入的谷口本身有个巨大的裂缝，黑煤一样的山岩在两岸耸立，再向下，裂缝变窄了，乳白色的、沸腾般的水流泻入无底深渊，涌溢迸射出一股激流冲下豁口。连绵不断的绿波发出雷鸣般的巨响倾泻而下，浓密而晃动的水帘发出经久不息的响声，水花向上溅起，流水的喧嚣声让人目眩神迷。我们在山边凝视着下方拍击着黑岩的浪花，倾听着深渊发出的仿若怒号的隆隆声（预示着故事情节的紧张和人物悲剧的命运）。

　　半山坡上，绕着瀑布开出一条小径，使人可以饱览瀑布全景。但小径突然中止，游客只能原路返回，我们也只好转身往回走。忽然，我看到顺着小路跑来一个手拿一封信的瑞士少年，信上面有我们刚离开的那家旅店的印章，是店主写给我们的。信上写着，我们离开不久，来了一位英国妇女，已是肺结核后期。她在达沃斯普拉茨过冬，现在到卢塞恩旅游访友。她突然不断地咯血，数小时内很可能有生命危险。如果有位英国医生为她治疗，她将十分欣慰，问我能否回去一趟。好心的店主斯太勒在附言中又说，因为这位妇女拒绝瑞士医生的治疗，他没有别的办法，只有自己担此大任请我回去。如果我答应，他本人将感谢我的大恩大德。

　　我是不能对这种请求置之不理的，绝不能对一位身在异国生命垂危的女同胞的请求加以拒绝。但要离开福尔摩斯，却让我犹豫不决。最后，我俩一致决定，在我返回迈林根期间，他留这位送信的瑞士青年在身边做导游及旅伴。福尔摩斯说，他会在瀑布这里稍作停留，然后再漫步翻山前往罗森洛依，我傍晚时分到那儿和他相会。我转身离开时，看到他背靠山石，双手抱臂，俯视着飞泻的水流。

不料，这竟是今生我与他的永诀（这句话已有所暗示，预示着后面将要发生的事情）。

当我下了山坡扭头回望时，瀑布已不可见，不过从山腰通往瀑布的蜿蜒崎岖的小径仍然可见。我记得当时看到有个人快步走上了小径，在他身后绿荫的衬托下，我清楚地看到他黑色的身影。我注意到他那种精神抖擞的走姿，但因为我有急事在身，很快就将他忘却了。

大约走了一个小时，我才回到迈林根。老斯太勒正站在门口。

"喂，"我忙走上去说道，"我想她的病情没有恶化吧？"

只见他脸上满是惊异之色，双眉向下一扬。我的心不由得沉重起来。

"这封信你没写过吗？"我从口袋里掏出信问，"旅馆里没有一位生病的英国女人吗？"

"当然没有！"他大声说，"但这上面有旅店的印章，哈！这一定是那个高个子英国人写的，他是你们走后来这儿的。他说（对手采用了调虎离山计，好对福尔摩斯下手）……"

我没等店主说完，就惊慌失措地原路跑回，向刚才走过的那条小径奔去。我来时用了一个多小时下坡，但这时往回返是上坡，尽管我拼命奔跑，在返回瀑布时，还是过了两个多小时。福尔摩斯的登山杖在他靠过的那块岩石上放着，但却不见他本人的踪迹。我大声喊着，耳边只有四周山谷的回音。

看到登山杖，我不由得不寒而栗。这么说，他并没到罗森洛依去，他就是在这条一边是绝壁一边是深涧的3英尺宽的小径上遭到仇家袭击的。那个少年也不见了。也许他拿了莫里亚蒂的赏钱，留下这两个对手离开了。后来又发生了什么事？有谁能告诉我后来发生了什么事呢？

我被这事吓昏了头，站在那儿一两分钟，竭力镇定住自己，然后开始想福尔摩斯用过的方法，尽力运用它去查明这场悲剧的真相。哎呀，这并不难，我们谈话时，还未到小径尽头，登山杖说明了我们曾在的位置。

微黑的土壤受到水花不停溅洒，始终是松软的，即使一只鸟落下去也会有爪印。在我脚下，有两排脚印清晰地一直通向小径尽头处，并没有返回来的痕迹。在离小径尽头几码远的地方，地面被践踏得一片泥泞。裂缝边上的荆棘和羊齿草被扯乱，倒在泥水中。我伏在缝边低头查看，水花在四周喷溅。在我离开旅馆时，天色已经黑下来了，现在我只能看到黑色绝壁上的水珠闪闪放光以及谷中远处浪花冲击的闪动（一切都在暗示，福尔摩斯先生可能遭遇到了不测）。我大声呼叫，但传入耳中的只有那瀑布的犹如闷雷的奔涌声。

不过，命中注定我终于还是找到了我的朋友和同志的临终遗言。我刚才已说过，他的登山杖斜靠在小径边一块凸出的岩石上。在这块圆石顶上有一件闪闪放光的东西进入我的眼帘，我抬手拿了下来，发现那是福尔摩斯经常随身携带的银烟盒。我拿起烟盒，烟盒下面压着的叠成小方块的纸飞落到地面上。我打开它，原来是三页从笔记本上撕下来的纸，是写给我的。它完全显示出了福尔摩斯的性格，指示精准，笔法刚劲有力，就好像是在书房中写的一样。

我亲爱的华生：

承蒙莫里亚蒂先生的好意，我写下这几行字，他正等着与我最后讨论一下我们之间存在的问题。他已经对我大概讲述了他摆脱英国警察并查出我们行踪的方法。这更加肯定地证实了我对他的才能的极高评价。一想到我能为社会除掉因他的存在而带来的祸害，我就十分高兴，尽管这恐怕要给我的朋友们，特别是你，我亲爱的华生，带来悲痛。不过，我已经对你解释过了，我的人生已到了重要关头，而对我来说，再没有比这更令我心满意足的结局了。我可以坦白地对你说，我早就知道迈林根的来信是一场骗局，但我却让你走开，是因为我确信一系列类似的事会接踵而至。请告诉帕特森探长，他所需要的那个给罪犯定罪的证据放在"M"字头的文件夹里，里面有个蓝信封，上面写着"莫里亚蒂"。在离开英国时，我已经处理了我的微薄的产业，并已交付给了我的兄弟迈克罗夫特，请代我问候华生夫人，我的朋友。

你忠诚的歇洛克·福尔摩斯

剩下的事几句话就能说清。经过专家进行的现场勘察，毫无疑问，两人进行过一场搏斗，在这种情况下只能是两人扭打在一起，最后摇晃着滚入深渊，根本没有希望找到尸体（通过对周围环境的描写，渲染了悲凉的气氛）。而最危险的罪犯和最杰出的护法卫士将永远葬身于那旋涡激荡、泡沫翻腾的无底深涧中。后来再也没人见过那个瑞士少年，他分明是莫里亚蒂的爪牙。至于那个匪帮，相信大家还记得，福尔摩斯所搜集的证据十分完整，揭露了他们的组织，揭露了将他们严密地控制着的死去的莫里亚蒂的铁腕。而在诉讼过程中，很少涉及他们那可怕的首领，现在我不得不和盘托出他们罪恶勾当的原因，是由于那些颇费心机的辩护者们妄想用攻击福尔摩斯的手段来纪念莫里亚蒂，而福尔摩斯永远是我所知的最好的人，最明智的人。

阅读鉴赏

与其他章节相比，本章没有曲折离奇的案情，有的只是惊心动魄的场景描写和精彩犀利的语言描写。

拓展阅读

路 透 社

路透社是世界上最早创办的通讯社之一，也是目前英国最大的通讯社和西方四大通讯社之一。它提供各类新闻和金融数据，在128个国家运行。路透提供新闻报道给报刊、电视台等各式媒体，并向来以迅速、准确享誉国际。

空屋

导 读

在福尔摩斯的旧居，米黄色的窗帘内清晰地闪现出先生那熟悉的身影。而在街对面空屋子里的黑暗中，一支上了膛的无声气枪正虎视眈眈地对准福尔摩斯的头部。福尔摩斯不是已经葬身莱辛巴赫瀑布的激流中了吗？窗帘内的身影又是谁的呢？

1894年春天，那位受人尊敬的罗诺德·阿尔道尔先生在莫名其妙的情形下被神秘地谋杀了。此案不仅引起了全伦敦的注意，而且还在上流社会引起了恐慌。警方对于案情的详细调查报告大家都知道了，但因起诉理由很充足，而并没有公布所有证据，以至于一些细节被删去了。那么现在，近十年之后的今天，就允许我来补充一些破案过程中短缺的环节。这个案子本身耐人寻味（形容意味深长，值得仔细体味），但这点趣味远比不上那令人无法想象的结局。在我一生的冒险过程中，此案的结局最令我惊诧，即使是很久后的现在，想起它仍令我毛骨悚然，并使我重温那种兴奋、惊异而又猜疑的情绪。当时这种心情如忽然涌来的潮水，完全淹没了我的神志，让我向那些关心我以及我偶尔谈起的那个非凡人物的读者大众说一句话：不要责怪我没让你们分享我知道的一切——如果不是他亲口下令禁止我这样做，我会把这当作首要义务。这项禁令是上月3日刚刚取消的。

可以想象得到，我和福尔摩斯先生的密切交往使我对刑事案件产生了浓厚的兴趣。他失踪后，但凡公开发表的疑案我都从不遗漏地仔细读过。因为个人的兴趣，我不止一次地用他的方法来解释它们，虽然并不十分成功，但没有哪一个案子像罗诺德·阿尔道尔的惨死那样吸引我的。当我读到在审讯中提出证据并据以判定未查明的人蓄意谋杀罪时，我比过去更加清晰地意识到，歇洛克先生的去世给社会带来了损失。我确信此事有几点一定会很吸引他。他作为欧洲首屈一指（居于首位，无人超越）的刑事侦探，运用其训练有素的观察力和敏锐的头脑，极有可能弥补警方的不足，并使他们更提前行动。虽然我整日巡诊，但脑子却一直想着那个案件，只是找不出一个有充足依据的答案来解释。在此，我甘愿冒着讲一个旧故事的风险，把审讯结束时已公布过的案情简要地复述一遍。

罗诺德·阿尔道尔先生是澳大利亚某殖民地总督梅鲁斯伯爵的次子。他的母亲回国来做白内障手术，与儿子阿尔道尔及女儿希尔达共同住在公园街 427 号。这位年轻的绅士经常在上流社会出入，就大多数人所知，他并无仇人，且没有什么坏习惯。他曾与卡斯特尔斯的伊迪丝·伍德利小姐订婚，就在几个月前解除了婚约，但双方并未表现出更深的留恋。他整日困守于一个狭小、保守的圈子里，天性冷漠，习惯无变化的生活。然而，死亡以一种独特的方式向这个闲逸的年轻人突袭而来，就在 1894年 3 月 30 日晚上 10 点至 11 点 20 分之间。

罗诺德·阿尔道尔喜欢打纸牌，并且打起来就没完没了，但其赌注从来不会大到会损害到他的身份的地步。他还是鲍尔文、卡文迪许、巴格特恩三个俱乐部的会员，遇害的那天，他吃过晚饭后曾在卡文迪许玩了一盘惠斯特。当天下午他也在那儿，同他一起的莫瑞先生、约翰·哈代爵士和莫伦上校证实他们在打惠斯特。每人的牌都差不多，阿尔道尔输的不多于五镑。像这样的输赢绝不至于对他有什么影响，因为他有一笔可观的财产，他总是在不同的俱乐部打牌。他打牌总是十分谨慎，常常是赢了才离开。证词还提起，在几星期前他曾与莫伦上校合作，一举赢了歌德菲尔·米尔纳和巴尔莫洛勋爵四百二十多镑。以上便是在调查报告中提到的他的情况。

在案件发生当晚，他打牌回家是 10 点整，他母亲及妹妹看望亲戚去了。女仆供述，听到他走入二楼前厅——他经常把它当作起居室，当时她已经在屋里生了火，为防冒烟她打开了窗子。梅鲁斯夫人与女儿在 11 点 20 分才回来，在此之前屋中并无动静。夫人想进屋去对儿子说声晚安，却发现门被反锁了，母女二人叫喊、打门都没人应。于是她们找人来撞开了门，只见那个不幸的年轻人倒在桌边，头被一颗左轮手枪子弹击碎了，看上去非常恐怖。然而在屋中却找不到任何武器，桌上摆了两张十镑的纸币以及共十一镑十先令的硬币。钱被码成了十小堆，数目不一。旁边还有张纸条，记录了若干数目和几个俱乐部牌友的名字。可以猜测到，在遇害时他正在计算打牌的输赢。

对现场的详细检查只能使案情更加复杂起来，第一，没有理由来解释那个年轻人为什么要从屋中插上门，有可能是凶手插上了门再从窗子逃走。但窗口到地面的距离有 30 英尺，且窗下花坛开满了番红花，花丛、地面都不像被踩过。房屋与街道之间的狭长草地上什么痕迹也没有。由此可知，房门是年轻人自己插上的。假使有人能够从外面用左轮手枪对准窗口放枪，且造成如此致命的伤，那个人必是出色的射手。另外，公园街是一条川流不息的大路，距房子不到 100 码就有马车站。这里已打死了人，且有一颗像所有铅头子弹一样射出就会开花的左轮子弹和它所导致的致命创伤，但当时竟然无人听到枪声。由于找不到犯罪动机，公园街奇案显得更加复杂，因为正如前面我说的，没人听说过年轻的阿尔道尔有任何仇人，屋中的钱及贵重物品亦没人动过（案件疑窦丛生，为下文理下伏笔）。

我整日不断地思考这些事实，竭力想去找出一个合理的解释，来发现最便利的途径——我的亡友称之为调查的起点。傍晚，我漫步走过公园，约六点钟走到了公园街与牛津街交口处。一群无所事事的人围在人行道上，都仰起头望着一扇窗户，他们帮我指出了我特地要来看的那所房子。一个戴墨镜的瘦高个儿，正在讲他的某种推测，我怀疑他是一个便衣侦探。其他人都围着听，我也尽量向前凑，但他的议论听起来实在荒谬。我有点厌恶地退出人群，在这时候，我撞在了后面一个残疾老人身上，把他抱着的几本书碰到了地上。当我捡起那些书的时候，看到其中一本名为《树木崇拜的起源》，这使我联想到老人一定是位贫穷的藏书者，以收集一些名不见经传的书籍作为爱好甚至职业。我极力为这次意外道歉，可不巧的是，对于主人而言，被我碰掉的那几本书显然是很珍贵的。他愤怒地吼了一声，转身便走，我只得望着他灰白的络腮胡和弯曲的背影消失在人群中。

我观察公园街 427 号很多次，但这对弄清我关心的问题毫无用处。这座房子与街道只隔了一道半是栅栏的矮墙，不过 5 英尺高，因此任何人想出入都非常容易。但那扇窗户可是完全够不到的，因为墙外没有水管或别的东西可以帮身体轻巧的人爬上去。我比以前更加迷惑了，只得折回了肯星顿。我在书房中还没待五分钟，女仆就进来说有人要见我。令我吃惊的是，来者不是别人，而是那位旧书收藏家，灰白的须发衬着他那张轮廓分明而干瘦的脸，左臂下挟着他那些心爱的书，至少有十本。

"您没想到是我吧，先生？"他的声音奇怪沙哑。

我承认我没有想到是他。

"我感到过意不去，先生。刚才我一瘸一拐地在您后头跟着，恰巧看到您走进这所房子。我对自己说，要来看看那位好心的绅士，想对他说如果刚才我的态度有些粗鲁，但没有恶意，还要谢谢他帮我捡起了书。"

"这点小事您看得太重了"，我说，"可否问一下您是如何认出我的呢？"

"先生，你如果不见外的话，我算是您的邻居，我的小书店在教堂街拐角处，您应该也收藏书吧？先生，这里有《英国鸟类》《克图拉斯》《圣城》——非常便宜，再有五本的话您就可以填满那第二层的空当了。现在那里看来很不整齐，是吧？先生。"

我转头看了看后面的书橱。当我再回头时，发现歇洛克·福尔摩斯站在书桌那边冲我微笑！我站了起来，惊讶地盯住他看了几秒钟，接着我似乎要昏过去了。这是我这一生仅有的一回，似乎有一层白雾在我眼前打转（写出了华生在看到福尔摩斯时的激动和开心）。当白雾消失了，我才发现我的领口被解开了，嘴上还带有辛辣的白兰地余味。福尔摩斯伏在我的椅子上，一只手里还拿着随身携带的扁酒瓶。

"亲爱的华生，"那个熟悉的声音说，"我万分抱歉，我绝没想到你会有这样的反应。"

我紧紧拉住他的双臂。

"等一等，"他说，"你现在真有精神来谈这事了吗？看我这多余的戏剧性出现给你的刺激多大呀！"

"我没事了，说真的，福尔摩斯，我真不敢相信自己的眼睛了。上帝呀！

世上那么多人，单是你站在我的房间里。"我又拉起他的一只袖子，摸着里面那精瘦有力的臂膀。"可是，无论如何，你不是鬼。"我说，"亲爱的朋友，看到你我太高兴了。坐下，告诉我你是怎样逃离那可怕的峡谷的。"

他面对我坐下，照旧若无其事地点了一支烟。他全身裹在一件卖书商人的破旧外套里，能看得到的只有那一头白发和在桌上的旧书。他显得比以前更消瘦、更机警，但一丝苍白的颜色显现于他的脸上，看得出他最近的生活一定不规律。

"我很高兴能伸直腰，华生，"他说道，"让一个高个子一连几个小时把身高变矮 1 英尺真不是开玩笑的。至于对这一切的解释，我亲爱的老朋友，我们——如果我可以跟你合作的话——眼前还有整晚的艰辛工作要做。也许最好在这工作完成之后，我就会把所有情况都告诉你。"

"我非常想知道，更想马上就听到。"

"那么今晚，你愿意和我一起去吗？"

"无论你说何时，去何地都可以。"

"仍如从前一样，咱们出发前还可以有空吃点晚饭。好的，先说说峡谷，我从中逃出来并没多大困难，理由很简单——我没掉下去。"

"你根本没掉下去？"

"没有，华生，我根本没有掉下去。我给你的便条完全是真的。当那个模样阴险的莫里亚蒂教授站在通往安全地带的窄道上而被我发觉的时候，我完全不怀疑我的末日到了。从他那灰色的眼中我觉察到一个无情的意向。于是我和他交谈了几句，得到他的允许，写了那封你收到的短信。我将信、烟盒和手杖留在那里，沿着那条窄道向前走去。他仍跟着我。当我走到尽头无路可走时，他没有掏武器而是忽然冲上来抱住我。他明白自己一切都完了，急切地只想报复我。我俩在瀑布边上扭打成一团，但我懂得一些日式摔跤，这一手过去好几次都用过。我从他双臂中挣脱了出来，他发出可怕的尖厉的惨叫，疯狂地踢了几下，两只手向空中乱抓。尽管他费了好大力气，仍无法保持平衡，最终掉了下去。我探出头看到他坠下了很长的距离，接着撞在一块岩石上弹出去，掉在了水中。"

我惊奇地听着他边抽烟边作的解释。

"可是还有脚印哪！"我喊道，"我亲眼看到路上有两排向前的脚印，没有一个是往回的。"

"是这样的。在教授掉入深渊的刹那，我突然想到命运为我安排了巧妙的机会——要知道不仅莫里亚蒂发誓要置我于死地，还有最少三个人，他们报复的欲望只会因其首领的死亡而更炽烈，他们都非常危险。在三人之中，终有一人能找到我。另一方面，如果全世界都认定我死了，那么这几个

语言描写，体现了福尔摩斯的睿智。

人就会随便地活动而且很快暴露出来，这样我便迟早就能消灭他们了，到那时我可以宣布我仍在人世。当时，大脑的活动是如此迅速，我相信在莫里亚蒂还未沉入瀑布下的深深潭底之前，我便想通了这一切。

"我起身观察后面的悬崖，在你那篇我读得津津有味的生动描述中，你断定那是绝壁，这并不全对。在崖上仍有几个露在外面的窄小立足点，且有一块很像岩架的地方。想一直爬上高高的峭壁显然不可能，再顺着那湿润的窄道出去而不留下脚印也不可能。当然，我可以像从前在类似情形中做的那样把鞋倒穿，但同一方向出现三双脚印是明显的骗人手法。因此总的看来只好冒险爬下去。这可不是一件令我兴奋的事，华生。瀑布隆隆地爆响于我脚下，我并不富于幻想，但一点儿不假，我仿似听到莫里亚蒂在深渊中向我喊叫。好几次当我手没抓住身边的草丛或从湿滑的岩石缺口滑下的时候，我想我完了。但我拼命地爬，终于爬上了一块只有几英尺宽的岩架上。那上面长满柔软的青苔，我可以舒服地躺下而无人看得到。亲爱的华生，看，当你和你的随从正在同情而毫无用处地调查我的死亡现场时，我正躺在岩架上面。

"你做出了根本错误的结论就离开那里回旅馆了。只剩下我一个人，我以为我的遇险到此结束了。可是却发生了突然的事故，我因而预感到还有更能令我吃惊的事要发生了——一块巨大的岩石掉了下来，轰地从

我身边擦过，砸到了下面的小道后又弹起来落入深渊。我当时以为这只是偶然掉下的岩石。过了一会儿，我抬头看到灰暗的天空下露出了一个人头，同时又落下一块石头，砸在我躺的岩架上，离我的头不到 1 英尺远。很明显——莫里亚蒂并非一人活动，在他对我行凶时仍有另一党羽在守望，而我一眼便看出了这个家伙有多危险。他躲在暗处目睹了他同伙淹死和我逃脱的过程，便一直等待，接着绕上了崖顶，企图实施他同伙未能得逞的行动。

"我在想这一切的时候没用多少时间，华生。我又见到那张阴冷的脸从崖顶向下望，这是又要有石块下落的征兆，我对准下面的小道爬下去。我不认为当时我能毫无顾忌地爬下去，这比向上要更难百倍，但我无暇考虑向下的危险。就在我攀着岩架边沿身体悬挂的时候，又有一块石头轰的一声从我身边落下去。我爬到一半时脚踩空了，幸亏上天保佑，我正好掉在那窄道上，摔得头破血流。我爬起来就逃走了，在山中摸黑走了约 10 英里。一周后我到达佛罗伦萨，保证世上没人知道我在那里。

"那时我只有一个可信任的人——我的哥哥迈克罗夫特，我再次向你道歉，亲爱的华生，但当时至关重要的是让人们认为我已不在人世。你若不相信我死了，你也一定写不出那篇令人信服的关于我不幸结局的故事来。这三年中，我好几次想给你写信，但又担心你对我的关心会使你不小心泄露秘密。正是因为这样，今天你碰掉我的书的时候，我只能躲开你，因为我的处境十分危险。当时只要你露出一点惊讶和激动就可能引起别人的注意，从而造成可悲的、无法补救的后果（体现了福尔摩斯内心的矛盾）。至于迈克罗夫特，我必须告诉他这个秘密，因为我需要钱。在伦敦，事态并非像我所想的那般顺利发展。因为在莫里亚蒂团伙案件的审理中漏掉了两个更危险的成员，两个与我有深仇大恨的敌人逍遥法外。我在西藏旅行了两年，经常去拉萨以和大喇嘛在一起消磨时间为乐。你没准曾看过一个名叫西格森的挪威人写得很出色的考察报告，我肯定你绝没想到你看的正是你好友的消息。接着我通过波斯，游玩了圣地麦加，又到喀土穆对哈里发进行了一次短暂而有趣的探访，并把探访的结果告知了外交部。回法国后，我用几个月的时间研究了煤焦油的衍生物，这是在法国南部蒙彼利尔的一个实验室进行的。我满意地结束了研究，又听说我的仇人仅剩一个留在伦敦，我便准备回来。这件公园街奇案的消息加速了我的行动，不但因为此案的是非曲直吸引了我，而且它似乎对我个人是个难得的机会。我马上回到贝克街的家中，吓得赫德森太太歇斯底里地发作了。迈克罗夫特把我的房间及记录照原来的样子保存着。就这样，<u>亲爱的华生，下午两点，我意识到自己已坐在我的旧屋的那把旧椅子上，并全心希望能见到好朋友华生你也坐在常坐的那把椅子上</u>（语言描写，体现了福尔摩斯和华生友谊的深厚）。"

这就是4月那天晚上我听到的神奇的故事。如果不是亲眼看到，如果没有这高瘦的体形和热情的面容来证实的话，这个故事就完全没有意义了。我不知道他是如何知道我沮丧的消息的，他以动作代替言语表达了他的慰问。"工作是对悲哀最有效的解药，"他说，"今天晚上，我给咱俩安排了一件工作，如果咱们能成功地解决它，也不枉活在这世上了。"我请求他讲详细一些，但是没成功。"天亮前有足够的事让你听和看的，"他答道，"咱们有三年的往事要说的。到了九点半，我们就开始特别的空屋历险。"

我本来猜测我们要去贝克街，但就在卡文狄西广场拐角的地方，福尔摩斯让马车停下。我看到他下车时向左右探望了一下，接着，在走过的每条街上他都极小心地观看有没有人跟踪。我们走的这条路线无疑是独一无二的。福尔摩斯对伦敦的偏僻小道非常熟悉，这一次他迅速而又有计划地穿过一连串我从不了解的小巷和马厩，最后我们来到一条小路上，两旁全是些阴暗的旧房子。然后我们沿路到了曼彻斯特街，又到了布兰福特街，由此他马上拐入一条窄道，穿过一扇木栅门，最后进了一个无人的院子。他用钥匙打开了一个房间的后门，我们走进去后，他关上了门。

屋内一片漆黑，但明显是一座空屋。地板没铺地毯，我们的脚下吱吱作响。我伸手摸到一面墙，上面贴的纸已裂成一片片并下垂着。福尔摩斯用冰冷的手抓住我的手腕，带我走过一条长长的通道，直到我依稀看到门上昏暗的扇形窗才停下。在这里，他突然向右转，我们走进了一间正方形的空房，四周非常暗，只有当中一块被远方的街灯映得有点亮。附近没有街灯，窗上积了一层很厚的灰尘。因此我们只能看到彼此的轮廓，我的同伴将手搭在我肩上，嘴凑近我的耳朵。

　　"你知道咱们在哪儿？"他悄声地问。

　　"那边就是贝克街。"我睁大眼透过模糊的玻璃窗向外看。

　　"不错。这里就是咱们寓所对面的卡蒙私邸。"

　　"咱们干吗来这儿？"

　　"因为从这里可以看清楚对面的高楼。亲爱的华生，请你走近窗户一些，小心别暴露自己（体现了福尔摩斯对华生的关心）。再看看咱们的老房子——你那么多的神奇传说不全是从那里开始的吗？让咱们瞧瞧在我离开的这三年中，我是否完全失去了使你惊讶的能力。"

　　我轻轻向前移去，朝对面我熟悉的窗子看过去，当视线落在窗上时，我吃惊地叫了起来——窗帘已经放下来了，屋内亮着灯，明亮的窗帘上清晰地映出屋里坐着的一个人。那人的姿势，宽宽的肩膀，轮廓分明的面部，看上去绝不会错，那转过去的半面脸，如同我们祖父母那辈喜欢装上框子的一幅剪影，完全像福尔摩斯本人。我惊奇地忙把手探出去，想弄清楚他是否在我身边。他不出声地笑得全身都在颤动。

　　"看见啦？"他说。

　　"天哪！"我大声说，"这妙极了！"

　　"我相信我变幻莫测的方法并未因岁月流逝而减少，或者因经常使用而过时。"他说。从他的话语中，我听出了这位艺术家对自己的杰作所感到的自豪和得意。"的确有些像我，是不是？"

　　"我可以发誓说那就是你。"

"这归功于格勒诺布尔的奥斯卡·莫尼埃先生，他花了几天时间做模子。那是一座蜡像，其他的是今天下午我自己在贝克街布置的。"

"你认为有人在监视你的寓所吗？"

"我知道有人在监视。"

"是什么人？"

"我的老对手——那可爱的一伙，他们的老大现在正躺在莱辛巴赫瀑布下面。别忘了他们知道我没有死，只有他们知道，他们认为我迟早会回寓所，所以从未停止过监视。今早他们发现我已抵达伦敦。"

"你怎么知道的？"

"因为我正往窗外瞧，一下认出了他们派来放哨的人，这个家伙对我不足为害，叫巴克尔，以抢掠杀人为生，是个优秀的犹太口琴演奏家（体现了福尔摩斯敏锐的洞察力）。我不在乎他，但我担心那个更难应付的家伙，那是莫里亚蒂的好友，伦敦最奸诈、最危险的罪犯，正是从悬崖上向我扔石块的人。华生，今天正是他在追我，可他并不知道咱们也在追他。"

"影子动了！"我叫了出来。

窗帘上的影子已经不是侧面而是背向我们。

三年的时光并未消磨他暴躁的脾气，也没减少他对智能低于他的人表现出的急躁。

"它当然会动，"他说，"华生，难道我会像一个可笑的笨蛋那样，支一个一眼即可识破的假人，希望依靠他来欺骗几个欧洲最狡诈的人？咱俩待在这里两个钟头，赫德森太太已把蜡像的位置改变了八次。每一刻钟一次。她在前方转动，她的影子绝不会被看到。啊！"

然而，我忽然发现他那过人的感官已察觉了的东西——一阵蹑手蹑脚的声音传入我的耳朵，这并非来自贝克街的方向，而是从我们藏着的这间屋子后传来的。一扇门打开后又关上了。过了一会儿，走廊响起蠕动的脚步声，这本不愿出声的脚步却在空屋中引起了刺耳的回声。福尔摩斯靠墙蹲下，我也一样，手中紧握左轮枪枪柄。朦胧中，我看到一个不很清晰的人影，他站了一会儿，然后弯下身子做贼似的，偷偷摸摸地走进屋。这个凶险的人影距我们不过 3 码，我已准备好等他扑上来，这时才想起他根本不知道我俩的存在。他从旁边走过去，悄悄地靠近窗子，轻轻地把窗户推上半英尺。当他跪下靠近窗口的时候，街灯不再受积尘的玻璃的遮挡，把他的脸清清楚楚地照了出来。此人仿佛兴奋得忘乎所以，两眼发光，脸上不断地抽动。他是个上了年纪的人，鼻子短小突出，前额又秃又高，留着大撮的灰白胡子，脸又瘦又黑满是凶狠的皱纹。一顶可折叠的大礼帽推上后脑勺，外套解开显出晚礼服的白色前襟。他手中拿着一根手杖模样的东西，把它放在地板上时却发出金属的铿锵声。接着，他从外套口袋中掏出一大把东西，摆弄了一会儿，最后咔咔响了一下，似乎是挂上了弹簧或栓子。他仍在地板上跪着，弯下腰将全身力气压在什么杠杆上，发出一阵旋转摩擦声，然后又是咔咔地响。接着，他直起腰来，我这才看清他手中拿着一支枪，其枪托形状很特别。他拉开枪膛，放进了什么东西，然后啪地推上枪栓。他俯下身子，在窗台上架上枪筒。我看到他长长的胡子坠在枪托上，闪闪的眼睛对着瞄准器。当他把枪托放上右肩的时候，我听到一声满意的叹息，而且看到那令人惊诧的目标——黄窗帘上的人影——毫无遮挡地暴露在枪口下。他停了一下，扣动了扳机。嘎的一声怪响，紧跟着传来一串玻璃破碎声。<u>在这一刹那，福尔摩斯像老虎般向那个射手扑去，将他脸朝下摔倒</u>（形象地写出了福尔摩斯身手敏捷）。他立刻爬起来使出全力掐住福尔摩斯的喉咙，我用手枪柄打了他的头一下，他倒在了地板上。在我扑上去按住他时，福尔摩斯吹了一声刺耳的警笛。人行道上响起脚步声，两个警察和一个便衣侦探从大门冲了进来。

"是你吗？雷斯垂德？"

"是我，福尔摩斯先生。我自己接过这任务，很高兴看到你回来，先生。"

"我认为你需要一些非官方的帮助，一年中破不了三件谋杀案是不行的，雷斯垂德。你不像平常的样子去处理莫尔齐案——也就是说你干得还可以。"

大家都站了起来，我们的犯人喘着粗气。他的左右各站了一位高大的警察。这时，在街上已聚集了一些闲人。福尔摩斯走过去关上窗户，放下帘子。雷斯垂德点上两支蜡烛，警察也打开了提灯，我终于能好好地看清这个犯人了。

对着我们的是一张精力充沛且阴险万分的面孔。此人长着哲学家的额头及酒色之徒的下巴，他仿佛是个天才，是忠是奸姑且不论，但只要一看他那下垂、带讥讽的眸子，那阴冷的蓝眼睛，那凶狠、挑衅的鼻子和那咄咄逼人的眉毛，谁都能认出这全是上帝显现出的危险讯号。他谁也不去注意，只是盯住福尔摩斯，眼中充满恨意与惊诧。"你是个魔鬼！"他不停地吼着，"你这个狡诈的魔鬼！"

"啊，上校！"福尔摩斯边说边整理被弄乱的领子，"就像旧剧中常说的'不是冤家不聚头'。自从在莱辛巴赫瀑布承蒙关照之后，我们便无缘再见了。"

上校像一个精神不振的人一样，仍直勾勾地看着福尔摩斯，他只能说出一句话："你这狡诈的魔鬼。"

"上校，我还没介绍你呢。"福尔摩斯说，"先生们，这位便是塞巴斯蒂恩·莫伦上校，从前在女王陛下的印度陆军中作战，他是咱们帝国所训练的最杰出的枪手。上校，我想的确是这样，你猎虎的成绩还是独一无二的吧？"

这个凶狠的老者不发一语，仍瞪大眼盯着我的伙伴，他那带着凶性的眼和倒竖的胡须使他活像一只猛虎。

"奇怪，我这个很小的计谋居然可以使你这样一个老辣的猎人受骗，"福尔摩斯说，"这应该是你很了解的方法。你不也曾将一只小羊挂在树下，自己带枪躲在树上，等着这小羊做诱饵想引来老虎吗？现在这空屋子成了我的树，你便是我要打的虎。你应该还带有另外的备用的枪来防止有更多只老虎，或是你万一没瞄准，当然这并不可能。他们全是我的备用枪。"

他指指周围，"这是个恰当的比喻。"

莫伦怒吼一声，想冲上前来，但两个警察拽住了他，他脸上的愤怒神情看起来真是可怖。

"我承认，你有一点很出乎我的意料，"福尔摩斯说，"我未料到你也会用这间空屋及这个方便的窗子。我猜想你会从街上行动，那里有雷斯垂德和他的下属等着。除此之外，全部都在我预想之中（体现了福尔摩斯的自信）。"莫伦上校转过去对着官方警探。

"你们可能有，更可能没有抓捕我的合法理由，"他说道，"但是至少没有理由让我被人讥讽。如果我现在是在法律的适用范围内，那一切都依法办理吧！"

"你说得很合理，"雷斯垂德说，"福尔摩斯先生，我们离开之前，你还有别的可讲吗？"

福尔摩斯早将那威力庞大的气枪从地上拿起来，正在查看其结构。

"这武器确实罕见，"他说，"无声，且有巨大威力。我认识那个眼盲的德国工人冯·赫德尔，这支枪是特制给莫里亚蒂教授的。我在好几年前就知道他有这把枪，但一直没机会摆弄它。雷斯垂德，我特别把这支枪还有这特别的适用的子弹全部交由你们保管。"

这时大家都走向房门，"你可以放心交给我们，福尔摩斯先生，"雷斯垂德说，"你还有什么话要说吗？"

"请问你准备以什么罪名对他提出控诉？"

"罪名？自然是企图谋杀福尔摩斯您了。"

"这不成，雷斯垂德，我根本不想在此事上出面，这场出色的缉捕是你的功劳，完全是你的，雷斯垂德，我祝贺你，你以平常表现的机智勇敢抓住了他。"

"抓住他？抓住了谁，福尔摩斯先生？"

"就是所有警察都未找出来的这个莫伦上校，他于上月 30 日把一颗开花气枪弹装在气枪中，向公园街 427 号二楼窗口开枪，把罗诺德·阿尔道尔打死了。就以这个罪名，雷斯垂德。现在，亲爱的华生，如果你能忍着从窗口吹来的冷风的话，不如到我屋里去抽一支雪茄，待上半小时，这也可以让你消遣一下。"

我们的老房子，幸亏有迈克罗夫特的监管和赫德森太太的亲自照看，并没有改变原样。我一进去就发现屋里少见的整洁，但一切原有的标志都和从前一样：这里是做化学实验的角落，放着那被酸液弄脏桌面的松木桌；那边架上摆着大本剪贴簿和参考书，都是很多伦敦人很乐意烧掉的东西。我环顾四周，挂图、提琴盒、烟斗架都在，连装烟丝的波斯拖鞋都历历在目①。屋里已有两个人了，一个是进来时笑脸相迎的赫德森太太，另一个是在今晚起了绝大作用的样子冷冷的假人。这个栩栩如生、上了色的蜡像，搁在个架子上，披了一件旧睡衣，从街上望去，绝对逼真。

"一切预备措施你都照做了吗？赫德森太太。"

"如你所愿，我是跪着干的，先生。"

"好极了，你干得非常好。你看到子弹打在什么地方了吗？"

"当然，先生。恐怕子弹打坏了那座漂亮的半身像了。它恰好穿过头部，接着打在墙上。这是在地毯上捡到的，给你！"

福尔摩斯伸手把子弹递给我："一颗铅头左轮子弹。真妙，谁会发现这是从气枪中打出来的呢？好吧，赫德森太太，非常感谢你的帮助。现在，华生，请你坐在老位子上，我有几点想和你讨论一下。"

他已脱掉那件旧礼服上衣，换上他从蜡像上取下的灰褐色睡衣，又变成了旧日里的他了。

"这个老猎手果然手也不抖，眼也不花。"他一面检查被打碎额头的蜡像一面笑着说，"对准头部后面正中，恰好击中脑部。从前他在印度是最好的猎手，我想在伦敦比他强的也很少。你听过他的名字吗？"

"没有。"

---

① 历历在目：指远方的景物看得清清楚楚，或过去的事情清清楚楚地重现在眼前。

"看，这就叫出名！不过，我若没记错，你也从没听过詹姆斯·莫里亚蒂的名字，他可是本世纪的大学者之一。请把我那本传记索引拿下来给我。"

他坐在椅子上，把身子向后靠一靠，大口喷烟，懒懒地翻着他的记录。

"我收集在这里的这些材料都不错。莫里亚蒂这个人不论摆在哪都是出众的。这是施毒犯莫根，这是臭名远扬的梅里多，还有马修斯——他在查森十字广场的候诊室把我左犬齿打掉了，最后这个就是今晚的朋友。"

他把本子递给我，上面写着：

塞巴斯蒂恩·莫伦上校，无职业，原属班加罗尔工兵一团。

1840 年出生，是原英驻波斯公使奥古斯塔斯·莫伦爵士之子。曾就读于伊顿公学、牛津大学。参加过乔瓦基战役、阿富汗战役，在查拉西阿布（派出）、舍普尔、喀布尔服役。

著书：《喜马拉雅山西部的大猎物》（1881），《丛林中的三月》（1884）。

住址：管道街。俱乐部：英印俱乐部，坦克维尔俱乐部，巴格特纸牌俱乐部。

在旁边空白处，有福尔摩斯用清晰笔迹所做的备注：伦敦二号危险人物。

"真让人惊讶，"我又将本子递给他，"这个人的职业还是个体面的军人呢。"

"确实是这样，"福尔摩斯回答说，"他在一定程度上干得不错，他一向很有胆识，在印度还流传着他怎样爬进一条水沟去追捕受伤的吃人猛虎的故事。华生，有的树木在长到一定高度的时候，会突然长成奇形怪状的样子。这一点你也常能在人身上看到。我有个结论：一个人的发展过程再现了他历代祖先的发展全程，而如此忽然地变好变坏，显示了他家族系统的某种影响，他仿佛已成了他家族史的缩影（这是福尔摩斯对人生的感悟）。"

"你这想法真有些怪异。"

"好的，我不坚持。不管什么理由，莫伦上校开始堕落了。他在印度从没当众出丑的事，但依然没待下去。他退役了，回到伦敦后又弄得臭名远播。正在这时，他被莫里亚蒂教授选中，一度作了莫里亚蒂的参谋。莫里亚蒂很大方地给他钱，但只利用他做一两件普通罪犯承担不起的较高级的案件。你可能还有些记得 1887 年在济德的那个斯图亚特谋杀案。我确定莫伦是主谋，但找不出一点儿证据，上校隐藏得很巧妙，即使在莫里亚蒂匪帮被摧毁的时候，我们也无法控告他。你还记得那天我到你家去看你，为了防气枪，我不是关上了百叶窗吗？很可能你当时认为我在乱想，可我明白自己在干什么，因为我已经知道有这样一支非凡的枪，而且知道有一名全世界一流的射手会在那支枪的后面。咱们在瑞士时，他和莫里亚蒂跟踪咱们。毫无疑问，我在莱辛巴赫悬崖上那惊险的五分钟就是他带给我的。

"你可以想象，我在法国经常看报，就是为了找机会制服他。<u>只要他还逍遥法外，我活在世上就实在无意义</u>（表明福尔摩斯惩治罪犯的决心）。他的影子会时时威胁着我，他迟早有机会对我下手。我能对他怎样呢？总不能一见到他就开枪打他，那样我自己就要进法院，所以我无计可施。可是，我注意报上的犯罪新闻，想着我迟早要抓住他，后来我看到了罗诺德·阿尔道尔被杀的消息，机会终于来了。就我了解的情况看来，这明摆着是莫伦干的。他先同这年轻人一起打牌，接着跟踪他回家，对着敞开的窗开枪打死了他。毫无疑问，光凭这颗子弹就足以送他上断头台。我立刻回到伦敦，却被那些放哨的发现了，他会告诉上校注意我。上校不能不把我的归来和他的案子联系在一起，他必然感到万分惊恐。我料到了他会想法除掉我，为达到目的他会再拿出那件凶器。这样我在窗口给他留了明显的枪靶，但还需先向警方说明，我们可能要他们帮助——对了，华生，你确实看出他们在那个门道里——然后我找到了那个我看来万无一失的据点，但绝没想到他会挑那儿攻击我。华生，还有什么要我解释的吗？"

"有，"我问，"你还没有解释莫伦上校为何要谋杀罗诺德·阿尔道尔呢？"

"啊，我亲爱的华生，这咱们只有推测了。不过这一次，即使逻辑性最强的头脑也可能犯错，每个人可以根据现有的证据来假设，你我都可能正确。"

"那你已经做出假设了？"

"我想，说明案件的真相并不困难，从证词可知，莫伦上校与阿尔道尔合赢了一大笔钱。不必多说，莫伦作假——我一直知道他打牌会作弊。我相信在阿尔道尔遇害当天，他发现了莫伦在作弊。可能他私下与莫伦谈过，还恐吓他要揭发这件事，除非他自动退出俱乐部并从此不再打牌。照说像阿尔道尔这样的年轻人不大可能立刻就会揭发一个既有名气又明显比他大得多的莫伦上校，而闹出一桩丑闻来。大概如我所想的那样，对依靠打牌骗钱为生的莫伦来说，退出俱乐部等于毁掉自己，因此莫伦杀害了阿尔道尔。那时阿尔道尔正在计算自己应退出多少钱，因为他不愿从搭档的作假中牟利。他锁门是为了防止他母亲和妹妹突然进来查问他弄的那些人名和硬币的用途，这样说得通吗？"

"我相信你说出了事情的真相。"

"这会在审讯时得到证明，也可能被反驳。同时，无论如何，莫伦上校再也不会困扰咱们了。冯·赫德尔优良的气枪将为苏格兰博物馆增色，福尔摩斯先生又可以开始调查由于伦敦那错综复杂的生活所引起的大量有趣的小问题了。"

阅读鉴赏

在上一章，我们看到了福尔摩斯先生遇到了生平最大的对手——莫里亚蒂教授。两人经过一番惊心动魄的斗智斗勇之后，最后在莱辛巴赫瀑布决战。

艺术手法方面，本章最精彩的描写就是对抓获凶犯过程的描写。"监视者反被监视，跟踪者正受人跟踪"是其中的绝妙之笔。在这次行动中，华生的紧张和担心，福尔摩斯的期待和兴奋，莫伦上校的气急败坏都有淋漓尽致的描写，使人仿佛看电影一样，对整个事件的经过看得清清楚楚且回味无穷。此外，对寒冷黑暗的大街的描写，观察细腻，特征鲜明，对烘托现场气氛有很强的作用。

拓展阅读

福尔摩斯档案

职 业

私家侦探兼唯一私家咨询侦探（很多侦探和警长常常会去请教他，侦探的最高裁决机关）。

名 望

享誉欧洲的英国名侦探。英国知名的皇家化学学会于 2002 年 10 月 16 日授予他荣誉研究员称号，使其成为第一位获此荣誉的虚构人物。

克尼斯的恐怖（上）

导　读

在一个幽静的小花园别墅里，一向生活平静的兄妹三人突然遭遇不测，一死两疯，死者脸上遗留的恐怖表情令人毛骨悚然。经验丰富的福尔摩斯先生经过多方勘察，却找不出任何线索。究竟是什么样的事情会把人吓死难道世界上真的有魔鬼存在吗？

我和我的老朋友歇洛克·福尔摩斯常常一起遭遇一些奇怪而有趣的事情，但是由于他不愿将此公之于众，所以我在记录这些激动人心的惊险经历时感到为难。

他的性格有些怪异，厌恶人们的一切赞扬，不论是真诚的还是虚假的。他觉得最好笑的事情就是在案件胜利结束后，把破案的报告交给官方人员，脸上带着假装的笑容去听人们那文不对题的齐声祝贺。他性情郁闷，不爱俗套，他对待荣誉的态度就是这个样子（体现了福尔摩斯淡泊名利的性格）。

其实，在这以后几年的时间里，我也曾经参加了几次他的富有刺激性的冒险事件，这是我特有的条件，并且对此深感荣幸。我非常想把这几年里的极少数案情公开发表，但是由于考虑到他的特殊性情，我不得不慎重考虑公开这些材料,最后对此保持缄默。但是事情总会出人意料的，就在上个星期天，我突然收到一封电报，我感到十分意外，因为这是福尔摩斯发来的——只要有条件可以拍电报，他从来都不会动笔写信，对此我十分了解——令我吃惊的是电报的内容：

为什么不将我们所经历的最奇特惊险的克尼斯恐怖事件告诉读者。

哦，我真的不知道究竟是什么，或许是一件小玩意，也许是某个场景，会令他重新想起了这桩事，回忆的思绪将他拉回了往昔。我也搞不清楚，又是一种什么样的奇怪的念头，会促使他要我公开这次令人恐惧的经历。

我急急忙忙翻出了笔记，我可把握不住他是否会改变主意，也许他会发来另一封电报，要求取消这一做法。我得赶快行动。笔记上的记载真实详尽，提供了案件的确切内容，在此谨向读者披露如下：

那大概是在 1897 年春。为了工作，福尔摩斯日夜操劳，不得休息。他那如铁打般的身子渐渐有些支持不住了，而且平时他很随意，对饮食不够注意，健康状况开始恶化起来。

福尔摩斯是个工作狂，一心扑在工作上，丝毫不考虑自己的健康状况。但是如果以后会垮掉的话，那将长期不能工作，这一点总算引起了他的注意。他终于决定听从医生的劝告，外出度假疗养，换换环境，呼吸一下新鲜的空气。

于是，就在那一年的初春，我们一起来到了克尼斯半岛尽头，波卡尔都海湾附近的一所幽静的小别墅。

这里是个奇妙的地方，特别适合我的病人——福尔摩斯的恶劣心情。这座别墅刚刚刷过白粉，显得十分干净清洁，坐落在一处绿草如茵的海岬上。从窗口往外望去，可以看到整个克尼斯湾的半圆形地势，就像是个天然的海港，四周都是黝黑的悬崖和被海浪扑打的礁石，可这里却是海船经常失事的地方，无数海员曾经葬身于此。

每当北风吹起，海湾平静而隐蔽，招引着遭受风浪颠簸的船只前来停歇休整，避风躲雨，可是突然间又会风向猛转，西南风猛烈地袭来，拖曳着的铁锚，背风的海岸，都在滔滔白浪中做最后的挣扎。被激荡的海水拍打着的悬崖和礁石刹那间变成了怪兽的巨齿，吞食了前来避风的船只，聪明的海员是会远远离开这个凶险的地方的。

在陆地上，我们周围的环境和海上一样阴沉沉的。连绵起伏的沼泽地，孤寂阴暗，偶尔出现一个教堂的钟楼，表明这是一处古老乡村的遗址。在这些沼泽地上，到处都是早已被淹没消失的某一民族所留下的遗迹。那些奇异的石碑，埋有死者骨灰的凌乱的土堆以及在史前时期用来战斗的奇怪的土制武器，是人类活动所遗留下来的唯一记录（营造了一种阴森恐怖的气氛，似乎预示着某种不祥的事情）。

这处神奇而具有魅力的地方，以及它那被人遗忘的民族的不祥气氛，对我朋友的想象力有所感染了。

他时常在沼泽地上长距离散步，独自沉思。古代的克尼斯语也引起了他的注意。我还记得，他曾经推断克尼斯语和加底基语相似，大都是做锡器生意的腓尼基商人传下来的。他已经收到了一批语言学方面的书籍，现在他正在潜心地研究这一论题。

然而，有些使我发愁的事，却令他感到由衷高兴。那就是，即使在这梦幻般的地方，我们还是陷入了一个就发生在我们家门口的疑难事件之中。这件事情远远比我们在伦敦遇到的那些问题中的任何一个更紧张，更吸引人，更加神秘。我们简朴的生活和宁静养生的日常起居规律遭受了严重的干扰，我们不经意地被牵连进了一系列不仅震惊康渥尔加，也震惊了整个英格兰西部的重大事件中。

读者们也许还记得一些当时叫作"克尼斯恐怖事件"的情况，尽管伦敦报界的报道是极不完整的。现在，事情已经过去三十年了，我将尽我的记忆力量，把这一件不可思议的事情的真相公之于世。

我曾经说过，那些零散的教堂钟楼表明了康渥尔加这一带地方有零落的村庄，其中距离我们所居住的别墅最近的是特里尼克·拉沃斯小村。在那里，住着几百户村民，他们的小屋把一个长满青苔的古老教堂包围起来。教区牧师朗吉德先生是个考古学家，福尔摩斯就是把他当作一位考古学家同他认识的。朗吉德先生是位仪表堂堂、和蔼可亲的中年人，很有学问而且熟悉当地情况。

他邀请我们到他的教区住宅里去喝茶，我们从而认识了莫梯克·特雷肯斯先生——一位自食其力的绅士。这位绅士租用了牧师那又大又分散的住宅里的几个房间，因而增加了牧师的收入。而这位教区牧师，作为一个形单影只的单身汉，也很高兴地接受了这种安排，虽然他同这位房客属于两种完全不同的人。

特雷肯斯先生长得又瘦又黑，戴一副眼镜，弯着腰，使人感到他的身体确实有些畸形。我记得，在我们那次短暂的拜访过程中，牧师喋喋不休地讲个不停，而他的房客却沉默得出奇，满脸愁容地坐在那里，眼睛转向一边看着窗外，显然在想他自己的心事（特雷肯斯先生的表现实在异常）。

3月16日，星期二。我和福尔摩斯用过早餐后，正在一起悠闲地抽烟，并准备到沼泽地去做一次每日例行的游逛时，朗吉德先生和特雷肯斯先生突然走进了我们小小的起居室。

通过描写牧师的语言和神态，形象地反映出他的内心世界。

"福尔摩斯先生，"牧师叫道，声音显得十分激动，"昨天晚上这里发生了一件最奇怪而悲惨的事件，从来都没有听说过的事。现在幸好您在这里，我们只能把这看成是天意，在整个英格兰只有您是我们需要的人。"

我用不大友好的眼光上下打量这两位破门而入的不速之客，而福尔摩斯却从嘴边抽出了烟斗，在椅子上坐下，好像一只老练的猎犬听见了呼叫它的声音。他用手指指沙发，示意两位先生坐下。那位心惊肉跳的来访者和他那焦躁不安的同伴紧挨着在沙发上坐下来。莫梯克·特雷肯斯先生比牧师更能控制自己一些，不过他那双瘦手不停地抽搐，黑色的眼珠炯炯发光，这表明他们两人的情绪都是一样的——太紧张了。

"我说，还是你说？"他问牧师。

"唔，不管是发生了什么事情，看来是你最先发现的，牧师也是从你那里知道的，最好还是你说吧！"福尔摩斯说道。

我看着牧师，他的衣服还有些凌乱，显然是匆匆穿上的，而他旁边坐着的房客，却是衣冠端正。福尔摩斯几句简单的推断之言使他们都面带惊异之色，我看了觉得很好笑。

"还是我先说几句吧，"牧师先开了口，"然后您再看是不是听特雷肯斯先生详细地讲讲情况，或者是看我们是否应该立刻赶到出现这桩怪事的现场去。"

牧师停了一下，似乎讲讲这桩怪事都令他心有余悸。

"我要说明一下，我们的朋友昨天晚上同他的两个兄弟奥肯和乔斯以及妹妹布罗达在特里丹尼克瓦卡萨的房子里。这个房子在沼泽地上的一个石头十字架附近。他们在餐桌上玩牌，情绪很好，兴致很高，刚过十点钟，我们的朋友就离开了他们。

"他总是很早就起床，在今早吃早餐前，他就又朝那个方向走去。查理德斯医生的马车赶到他的前面，查理德斯医生说刚才有人请他到特里丹尼克瓦卡萨去看急诊。莫梯克·特雷肯斯先生自然与他同行，待他们赶到特里丹尼克瓦卡萨，发现了一桩怪事。噢，我真的不知该如何说，太令人难以相信了。"牧师又停了下来。

"说吧，把事情讲下去。"福尔摩斯鼓励地对他说。

"好吧！那两个兄弟和妹妹仍像他离开他们时一样地坐在桌子边。纸牌仍然原样地放在他们面前，蜡烛已燃尽了，熄灭在烛架底端。那可怜的妹妹已经僵死在椅子上了，两个兄弟分坐在她的两边，又是笑，又是叫，又是唱，疯疯癫癫的，三个人——一个已经死了的女人和两个发了狂的男人——他们的脸上都呈现出一种惊恐的表情，那惊厥恐怖的样子简直叫人不敢正视。除了他们的老厨师兼管家普特太太以外，再没有其他人去过。普特太太说昨晚她睡得很香，晚上没有听到什么动静，没有东西被偷，也没有东西被翻过，是什么样的恐怖能把一个女人吓死，把两个身强力壮的男子吓疯，真是没法解释（三个昨晚还好好的人突然离奇地一死两疯，令人感到恐怖）。简单地说，情况就是这样，福尔摩斯先生，如果您能帮我们破案，

那可就是干了一件大好事了。"

看来我们的度假计划是落空了，本来，我满心希望可以用某种方式把我的同伴从中引开，回复到这次我们以旅行疗养为目的的那种平静之中，可是当我看到他那满脸兴奋、双眉紧皱的样子，就知道我的希望落空了，一切又回到了在伦敦的日子。

他默默地坐了一会儿，低着头专心地思考着这一桩突如其来（出乎意料地突然发生。突如，突然）的打破我们平静生活的怪事。

"让我研究一下，"他最后说道，"从表面上看来，这件案子的性质很不一般。你本人去过那里吗，朗吉德先生？"

"没有，福尔摩斯先生，特雷肯斯先生回到牧师住宅说起这个情形，我就立刻和他赶到这里来了。"

"发生这个奇怪悲剧的那幢房屋离这里有多远？"

"往内地走，大概 1 英里。"

"那么就让我们一起步行去吧。不过在出发之前，莫梯克·特雷肯斯先生，我必须问你几个问题。"

特雷肯斯先生一直沉默着没有说话，不过，我看得出他那竭力抑制的激动情绪，甚至比牧师的莽撞情感还要强烈。

他坐在那里，面色十分苍白，愁眉不展，不安的目光注视着福尔摩斯，那两只干瘦的手痉挛地紧握在一起。当他在旁边听牧师先生叙述他的家人遭遇到的这一可怕的事件时，他那苍白的嘴唇在颤抖，黑色的眼睛里似乎映射着对当时情景的某种恐惧。

"你要问什么，就问吧，福尔摩斯先生，"他急切而又有些不安地说，"说起来真是件倒霉可怕的事，我真的不想再回忆起它，不过我会如实回答的。"

"好吧，请你把昨天晚上你离开特里丹尼克瓦卡萨之前的情形谈谈吧！"

"哦，好的，福尔摩斯先生，我在那里同我的兄弟和妹妹一起吃晚饭，晚饭过后，正如牧师所说的，我哥哥乔斯提议玩一局惠斯特。九点钟左右，我们坐下来打牌，大约是在十点一刻，我离开了他们。我走的时候，他们都围在桌子边，兴高采烈地打牌谈天。"

"谁送你出门的？"

"普特太太当时已经睡觉了，所以我没去叫她，而是自己开的门，但我把大门关上了。他们待的那间屋子的窗户也是关上的，只有百叶窗没有放下。今天早上我们去看时，门窗仍旧完好无损，没有理由认为是有外人进去造成了悲剧。然而，他们还是原样地坐在那里。我的两位兄弟被吓疯了，布罗达被吓死了，脑袋耷拉在椅背上。太可怕了，太悲惨了，只要我活着，只要生命还流动，我永远也无法把那间屋里的恐怖的景象从我头脑里消除掉。"他沉重地低下了头。

"你谈的情况当然是非常奇怪的，"福尔摩斯说，"我想，你本人大概也说不出什么能够解释这些情况的道理吧？"

"是魔鬼，福尔摩斯先生，是魔鬼，一定是！"莫梯克·特雷肯斯冲到福尔摩斯面前，疯狂地喊叫着，眼睛里似乎要喷出火来。

"这不是这个世界上的事。"他继续叫喊着，"有一样东西进了那个房间，扑灭了他们的理智之光，人类怎么会有力量办到这一点呢？一定是万恶的魔鬼！"

"我担心，"福尔摩斯说，"如果这件事是人力所不能及的，当然也是我所力不能及的。不过，在不得不信赖这种理论之前，我们必须尽力运用一切合乎自然的解释。至于你自己，特雷肯斯先生，我看你是和他们分家了，是吗？既然他们都是住在一起的，而你却一个人住在牧师那里（体现一名侦探的良好职业素养）？"

"是这样的，福尔摩斯先生，"特雷肯斯先生解释说，"但这件事情已经结束了，已经过去了，以前我们一家本来是锡矿矿工，都住在雷德鲁尼斯，但是，我们很快厌倦了这种冒险的生活，所以就把这家企业转卖给了另一家公司，不再干这一行了。当然我们的手头都有一些钱，还算过得去吧，但是……"

特雷肯斯先生显出一些尴尬的表情，但他还是讲了下去。

"我想，我不能否认，为了分钱，我们大家彼此之间产生过分歧，出现了一些小小的摩擦，在这一段时间里，大家的感情有点儿不和。不过这一切都已经过去了，我们早已达成了谅解，谁也不会把这件事放在心上，现在我们都是最好的朋友。"

"回想一下你们一起度过的那个晚上吧，在你的记忆里是否留有什么线索足以说明这一悲剧的渊源？仔细想想吧，特雷肯斯先生，因为任何线索对我都是有帮助的，我想你也会很乐意帮助我们的。"

"可是什么也没有，先生。"

"你的亲人情绪正常吗？"

"再好不过了。"

"他们会不会是有点儿神经质，是否显示出将会有发生危险的一些忧虑表现？"

"绝对没有！"

"你再没有可以帮助我的话要说了吗？"

莫梯克·特雷肯斯仔细地思考了一会儿。

"我记起一件事儿，"他这样说，"我背朝着窗户坐在窗边时，我的哥哥乔斯和我打桥牌，他正对着窗户……让我想一想。

"对了，他有一次一个劲地朝我背后看，因此，我也惊奇地回转头去看：百叶窗没有打开，我看见树丛里好像有什么东西在跑动，不知是人还是动物。总之，是有个东西在那儿。我问乔斯看见了什么，他说的和我感觉一样——我只能告诉你这些。"

"你有没有去看一下，那到底是什么？"

"没有，我当时没有过分在意它。"

"后来你就离开了，你有没有感觉到一点儿凶兆？"

"绝对没有。"

"有一件事我不明白，你今天早晨怎么那么早就得知那个消息了呢？"

"这没有什么可惊奇的。我习惯于早起，在早饭前出去散步。今天早晨我正要出去，医生乘马车来找我。他告诉我：'普特老太太叫一个小男孩儿捎给我一封急信。你快上车来，我们细谈。'

"于是，我跳上马车，坐在他身边，我们就上路了。到达目的地，我们不约而同地向那个充满恐怖的房间走去，啊，太可怕了……

"蜡烛和炉火早在几个小时以前都已经烧光了。他们三人不得不长时间地坐在黑暗之中，一直到天放亮。医生告诉我，布罗达至少在六小时以前就已经死了，可是见不到一点暴力迹象。她斜靠在椅背上，脸上带着那副恐惧的表情；乔斯和奥肯正在有一句没一句地唱着阴森森的歌谣，还<u>战战兢兢</u>①地小声说着什么。

"当时，他们两个真像两个大马猴，简直可怕极了！我要被吓死了！医生的脸没有一点儿生气，白得像死人一样。他差点晕倒在那里，大口地喘着气，倒在了椅子上，差点儿要我们去救护他。"

"真是太莫名其妙了！"福尔摩斯手中托着帽子站起来说，"我觉得，我们得马上去特里丹尼克瓦卡萨一趟。说实话，我很少见过一开头就出现这么奇怪的问题的案件，实在少见。"

第一天早晨，我们的调查没有任何进展。所幸刚开始调查时，发生了一件意想不到的事儿，并且给我留下了最为不祥的印象。

事情是这样的。在通向悲剧发生地点的一条曲折狭窄的乡村小道上，正当我们向前走时，忽然听到了一连串的破马车的声音。

于是，我们靠边儿站着，给它让路。我不经意地向马车瞥去，我发现一张扭曲得令人恐惧的脸在窥望着我们，那参差不齐的丑陋牙齿从我们面前闪过，简直是一个魔鬼的幻影。

"亲爱的弟兄们！"莫梯克·特雷肯斯叫道，他的嘴唇都变白了，"这

---

① 战战兢兢：形容非常害怕而微微发抖的样子，也形容做事非常谨慎小心。

一定是把他们送到科尔斯顿了。"

我们怀着恐惧的心情，看着这辆黑马车远去。然后，我们才向那惨遭不幸的宅子走去。

这是一座小别墅，住宅很大，透光也相当好，并且周围有一个很大很美的草坪和花园。克尼斯是很温暖的，因此这里已是春意盎然（形容春天的意味正浓。盎然，洋溢，深厚）。卧室的窗户正对着花园。

据莫梯克·特雷肯斯说，那个恶魔一样的家伙一定出现在花园里，并立刻把他的两个兄弟吓疯了。

福尔摩斯在花园里踱来踱去，陷入了沉思，一会儿他又沿着小路巡视。后来，我们就走进门楼里。

我记得，当时他是那么的专心，竟被浇花的喷壶绊倒了，把我们的脚和乡间小径都打湿了。

我们进了屋。在屋里，我们遇见了那位老管家普特太太。她很热情地回答了福尔摩斯的问题。

她告诉我们：晚上，她什么动静也没听见。今天早上，当她走进屋子时，却见到了那样可怕的事情，她被吓得晕了过去……

等她醒来后，她打开窗户，想透一透气儿。然后，她就跑到小巷里，托一个村童去找医生。如果我们愿意看一看那个不幸的死去的可怜人，她就躺在楼上的一张大床上。她找了几个身体强壮的男子，才把他们兄弟两个送到去精神病医院的马车上。她一刻也不想待下去了，打算当天下午就回家同家人团聚。

我们到楼上检查了尸体。布罗达·特雷肯斯人近中年，却仍不失漂亮的风姿，人虽是死了，那张深色清丽的面庞依旧迷人，可脸上却留着万分惊恐的表情。这便是她最后的一点儿人类情感。

我们离开她的卧室，下楼来到悲剧的发生地点——卧室。隔夜的炭灰还残留着，桌上有四支烧光的蜡烛的痕迹，纸牌撒了一桌子。

福尔摩斯在室内踱着步子。他在那三把椅子上都坐了一下，又把它们放回去。他又感觉了一下能看见花园的范围，然后检查地板、天花板和火炉。可是，我一直没看见他的眼睛突然闪光，也没有看见他紧闭双唇。因为，一旦看到他有这样的表情，直觉便告诉我，有破案的突破口了。

"为什么要生火呢？"有一次他这样问我，"在春天的夜晚，他们在这个房间里总要生火吗？"

莫梯克·特雷肯斯解释道，因为那天晚上天气又冷又潮湿，屋里也一样，所以他们不得不生火取暖。他随即又问道："你现在打算怎么办，福尔摩斯先生？"

我的朋友冲他微微一笑，一只手捉住我的左臂说："华生，我想我有必要继续做一些研究。"

"研究什么？"我们不约而同地问道。

"研究你经常指责而且很有道理的烟草中毒，"他说，"先生们，如果你们允许，我们现在要回到我们的住宅了。"

"为什么？"我问道。

"因为我不再认为这里会有什么新的值得引起我注意的东西，我要仔细把情况考虑一下。特雷肯斯先生，再见！"

"有什么事儿，我一定会通知你和牧师的——祝你们两位早安。"福尔摩斯又补充道。

我们两个回到彼尔湖别墅。不久，福尔摩斯就不再专注地沉默了。

他错着身子坐在靠背椅中，周围烟雾缭绕，他那憔悴的严肃的面庞笼在青烟中，无法看清。隐隐约约地，我看到他那两道浓眉紧紧地锁着，两眼闪出茫然不知所措的光亮。许久以后，他终于放下烟斗，站了起来（福尔摩斯陷入深度思考时的状态，专注得令人敬佩）。

我们四目相对，我看到他无法掩饰的喜悦之情，我明白，他经过苦思一定找到破案的突破口了。

"这样不好，华生！"他笑呵呵地说道，"来，我们一起到悬崖上走走。"

"去悬崖？"

"对，去悬崖寻找火石的箭头，我们与其寻找这个问题的线索，倒不如去寻找火石的箭头。如果动脑筋没有足够的材料，就如同让一部引擎无休止地空转，它迟早会转成碎片。有了大海中的空气、太阳光，还有百倍的耐心，华生——请你相信，只要有了这些，别的一切就都会有了。现在我们要做的是，冷静地来确定一下我们的境况。"

我们沿着悬崖走着，他继续说："我们要把我们得到的有价值的那点儿情况紧紧抓住，只有这样，我们才能使发生的新情况对上号。

"首先，我们两个谁也不承认是魔鬼惊扰了世人。现在我们要做的是把这种想法排除，然后才能开始我们的工作。

"有一点是有充分根据的，那三个人遭到了某种有意无意的人类的可怕动作的严重袭击。

"至于它发生的时间，如果莫梯克·特雷肯斯先生所提供的材料是真的，那么，恐怖事件显然是在他离开房间之后不久就发生了。这一点是非常重要的。如果是走后一刻钟之内发生的事，但桌上还撒着纸牌，睡觉的时间早已经过了，可是他们的位置却一点儿也没变，椅子也没有推到桌子下面。我再重复一遍，是在他走后不久就发生的，最晚不会迟于午夜十一点钟。

"我们下一步要做的是，要尽量设法查一查莫梯克·特雷肯斯先生离开之后，他们做了些什么。

"这方面丝毫没有什么困难，而且也没有引起任何人的怀疑。

"我的办法，大概你不会忘记，你应该已经猜到，我笨手笨脚地故意被浇花喷壶绊倒，其实这是一个小小的计策。利用这个计策，我轻而易举地得到了他的脚印，比别的办法得到的不知清晰多少倍呢！正巧他的脚印印在了潮湿的沙土小路上，简直妙不而言！

"你记得，昨晚也是一样的潮湿，因此根据这个脚印标本，从脚印来鉴别他的行踪，也就不困难了。可以看出，他是朝牧师住宅那个方向去的（福尔摩斯人却不露声色，冷静而机智）。

"如果莫梯克·特雷肯斯不在现场，而是外面某个人惊动了玩牌的人，我们又怎样来证实呢？这一恐怖印象如何表达呢？普特太太不可能在此列，她是无辜的。是不是有人爬到花园窗口上，制造了可怕的形象而把看见他的人吓疯，有这方面的证据吗？

"这方面的想法是莫梯克·特雷肯斯一人提出的。他说他哥哥首先发现花园里有动静，这非常令人感到惊奇。要知道，那天下雨，云很厚，而且四周漆黑一片。如果有人蓄意要吓唬他们，他一定会在别人发现他之前，把脸紧贴在玻璃上，可是又没有脚印的痕迹。令人无法想象的是，外面的人怎么能使屋里几个人产生可怕的印象呢？我们始终未发现这种费尽心机的怪异行为的动机到底是什么。你意识到我们的困难在哪里吗，华生？"

"困难没有比这更明显的了。"我自嘲地笑道。

"但是，如果材料能够再充分一点儿，我们就会感到困难不难排除。华生，我感觉你应该能够在你那内容广泛的案卷中找到一些模模糊糊的答案。

"现在，我们暂且把这个案子搁在一边儿，等有了较为充分的材料再办理。还有一点空闲，让我们去追踪一下新石器时代的人，来，让我们开始吧。"

我原打算谈谈我朋友聚精会神思考问题的那股惊人的毅力。可是，在这迷人的康渥尔加春天的早晨，他却滔滔不绝地谈了两个多小时的石器、石凿、箭头和碎瓷片，显得格外地轻松自如，好像没有那个险恶的秘密等他去揭示似的。这一点让我百思不解。直到下午，我们才回到住所。

一个来访者已经等了我们好久，他马上把我们的思路牵了回来。

我们两人谁也不需要告诉来者是谁。<u>他的身材很高大，脸色很严峻且布满了很深的皱纹，目光凶狠得怕人。蒜头鼻子，头发灰白，几乎顶着了天花板，腮边的胡须呈灰白色，靠近有老年斑的唇边的胡子则是金黄色的。这一切告诉我们，他与伟大的猎狮人兼探险家里昂·斯特戴尔博士的形象十分相像，因为大家对他太熟悉了</u>（不仅写出人物的外貌，还写出了脸色、目光和神态，惟妙惟肖）。

　　他来到附近，我们不止一次听说了，我们曾经也在乡间小路上看到过这一高大形象。他没有走近我们，我们也不想去接近他。因为大家都知道，他喜欢隐居，在旅行的间歇期间，他一般都住在市尚阿兰斯森林里的一间小木屋里，在书堆里和地图上漫游，一心只顾满足于他的孤独的感受和简朴的欲望，从不过问邻居们的事情。

　　正因为如此，<u>当我听见他以极其热情的声调询问福尔摩斯在探讨这一神秘案件有无进展的时候，我感到非常意外</u>（不仅华生感到意外，读者也很想知道答案）。

　　"郡里的警察毫无路数（路子、招数或底细），"他说，"不过，你的经验还是比较丰富的。或许，你已经做出了一些在人意料之中的解释。我别无所求，只求你视我为知己，因为我在这里过往频繁，对特雷肯斯一家很熟悉。实话告诉你，我母亲是克尼什人，从我母亲那里算，我和他们还有亲戚关系呢。他们的不幸遭遇令我十分震惊。我本打算去非洲，已经到了普利茅斯，今早得到这可怕的消息，我便赶回来打听情况。"

　　福尔摩斯抬起头来，注视着他。

　　"这样不是耽误你旅行了吗？"

　　"没关系的。"

　　"哎呀！太让我感动了，你真是一位重情重义的人。"

　　"我不是告诉你了吗？我们有亲戚关系，真的有亲戚关系。"

　　"噢，是的，是的——你母亲的——远亲。"

　　"你的行李上船了吧？"

　　"不，不，还在旅馆里。"

　　"明白了。但是，这件事想来不至于已经登报了吧？"

　　"没有，先生，我收到了电报。"

　　"电报？我可不可以问一问这电报是谁发的？可以吗？"

　　一丝明显的阴影罩上了探险家那凶狠的面庞，我和福尔摩斯先生都注意到了。他喃喃地说：“福尔摩斯先生，你是不是太寻根问底了？”

“对不起，我请你正面回答我，因为这是我的工作。”

斯特戴尔博士定定神，恢复了镇静，他下意识地用手帕拭去额头的汗水。

“好吧，我不妨告诉你，”他说，“是牧师朗吉德先生发电报邀我回来的。这下，你该满意了吧。”

“谢谢，非常感谢你，斯特戴尔博士，”福尔摩斯说，“现在，我所知道的就这些。那么，听听我怎样回答你原来提出的那些问题吧。请仔细听好。我对这一案件的主题还没有完全想清楚。不过，做出某种结论还是大有希望的。但是，作更多的说明却还为时过早。”

“如果你的怀疑已经有具体所指，那么想来你总该不至于不愿意告诉我吧，我的朋友，你以为呢？”

“不，这一点很难回答。”

“那么，我是浪费我的时间了，就此告辞啦。”这位著名的博士走出我们的住宅时似乎大为扫兴，五分钟后，福尔摩斯就盯上了他。直到晚上，才见福尔摩斯回来，他拖着疲惫的步伐，脸色看起来很憔悴。我知道，他的调查肯定没有取得很大进展，他把一封等着他看的电报只看了一眼，就扔进了壁炉，然后转过身来。

利用一切可以利用的力量来搞清楚所有事情的真相。

“电报是从普利茅斯的一家旅馆拍来的，华生，”他说，“我从牧师那里了解到那个旅馆的名字，我就拍了电报去，询问里昂·斯特戴尔博士所说是否属实。据传回来的信息看，昨天晚上他确实是在那个旅馆度过的，也确实曾把一部分行李送上船运到非洲去，自己则又回到这里来了解情况。对这一点，你有何想法，华生？”

“事情和他利害攸关。让我想想，一定是这样的。”

“利害攸关——对，但有一条线索，我们还没有掌握。它有可能引导我们理清这团乱麻，振作起来，华生。全部材料还没有到手呢，一旦到手，这些问题就可以迎刃而解，我们就会立即把困难远远地丢到我们后面了。

华生，你就等着瞧吧，胜利一定是我们的。"

福尔摩斯的话多久才能实现，何时才能为我们的调查打开一条崭新的出路，以及这个新发展又是多么奇特、多么险恶，这些我都没有去想过。

早晨，我正在窗前剃胡子，突然听见了"嗒嗒"的蹄声。我朝外一看，只见一辆马车从那头奔驰而来，转眼间，它就停在了我们门口，我们的朋友——那位牧师——跳下车向花园小径跑来。福尔摩斯已经穿好衣服，于是我们赶快前去迎接他。

我们的客人激动得连话都说不清楚了。最后，他气喘吁吁、断断续续地叙述他的可悲故事。

"我们被魔鬼缠住了，福尔摩斯先生！我这个可怜的教区也被魔鬼缠住了！"他叫喊道，"是魔鬼撒旦亲自在施展妖法！我们都落入他的魔掌！"他指手画脚，情绪非常激动，如果不是他那张苍白的脸和装满恐惧的眼睛，他简直就是莎士比亚戏剧里的滑稽人了。福尔摩斯和我都惊疑地望着他，直到最后他才说出了这个可怕的消息。"莫梯克·特雷肯斯先生在晚上死去了。症状和那三个人一模一样。福尔摩斯先生，我们一定是被魔鬼缠上了（气氛顿时紧张起来，使前面尚未侦破的案件更加神秘辣手）。"

福尔摩斯顿时精神紧张地站了起来。

"你的马车可以把我们两个带上吗？"

"可以。"

"那么，华生，我们不吃早餐啦。朗吉德先生，我们完全听从你的吩咐。快——快，趁现场还没有被破坏。"

这位房客——莫梯克·特雷肯斯先生占用了牧师住宅的两个房间，上下各一间，都在一个角落上。下面是一间大的起居室，上面是一间卧室，从这两间房望出去，外面是一个用来打棒球的草地，它一直延伸到窗前。我们比医生和警察先到一步，所以现场一切如旧，完全没有动过。这是一个多雾的早晨，让我把我们见到的景物描绘一下吧，我相信，它给我留下的印象也许永远都无法从我脑海里抹去。

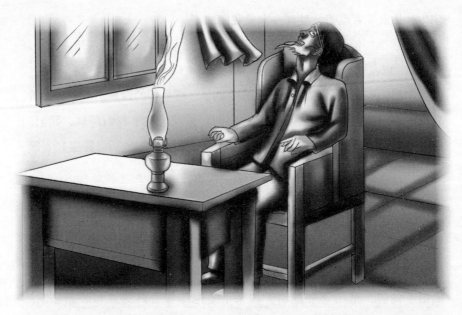

　　房间里，气氛恐怖而阴沉，而且十分闷热，先进来的仆人把窗子推开了，不然就更加令人难以忍受了，这可能是因为房间正中的一张桌上还点着一盏冒烟的灯。死者就在桌旁，他仰靠在椅子上，稀疏的胡子竖立着，眼镜已推到了前额上，又黑又瘦的脸朝着窗口，恐怖已经使他的脸歪扭得不成形了。和他那死去的妹妹一样，他四肢痉挛，手指紧扭着，好似是死于一阵极度的恐惧之中；他的衣着完整，但有迹象表明他是在慌忙中穿好衣服的。我们了解到，他已经上过床，他是在凌晨惨遭不幸的（两人的死显然有着密切的关系）。

　　只要你看见福尔摩斯走进那间性命攸关的住房那一刹那间所发生的突然变化，你就会看出他那冷静外表里面的热烈活力了。他顿时变得紧张而警觉，就像将要面对什么斗争似的，他的眼睛炯炯有神，面孔也板了起来，四肢由于十分激动而发抖。他一会儿走到外面的草地上，一会儿从窗口钻进屋里，一会儿在房间四周巡视，一会儿又回到楼上的卧室，真像一只猎狗从隐蔽处一跃而出。他迅速在卧室里环顾了一周，然后推开了窗子，这好像又使他感受到某种新的兴奋，因为他把身体探出窗外，大声地欢叫。然后，他又冲到楼下，从开着的窗口里钻出去，躺下把脸贴在草地上，又站起来，再一次回到屋里。他那精力充沛的样子就像猎人寻到了猎物的踪迹。房里的那盏灯只是一盏普通的灯，他却仔细做了检查，量了灯盘的尺寸。他用放大镜彻底查看了盖在烟囱顶上的云母挡板，又把附着在烟囱顶端外壳上的灰尘刮下来，装进信封，夹在他的笔记本里（可以看出他在进行着缜密的思考并获得了重要的线索）。最后，正当警察和医生出现的时候，他招手叫牧师过去。我们三人来到了外面的草地上。

"我很高兴，我的调查并不是毫无结果，"他说道，"我不能留下来同警官先生们讨论这件事。但是，朗吉德先生，如果你愿意替我向检查人员致意，并请他们注意卧室的窗子和起居室的灯，我将非常感激。卧室的窗子对我们很有启发，起居室的灯也一样对我们很有启发，如果把这两者联系起来，几乎就可以得出结论了。如果警方想进一步了解情况的话，我将乐意在我的住所和他们见面。华生，现在我想我们还是到别处看看更好一点儿，让警方先去忙吧！"

可能是警官先生们对私人侦探插手感到不满，也或者是警察自以为另有途径去调查，在随后的两天里，我们没有从警察那里听到任何消息。

阅读鉴赏

兄妹三人一死两伤，死者更是满脸惊慌之色，案情扑朔迷离，福尔摩斯费尽心思却毫无头绪。本章的语言描写很突出：牧师的惊恐和福尔摩斯的穷根究底都展现得淋漓尽致。

拓展阅读

探 险 家

探险家是为了探测新事物等目的而深入危险或不为人知的地方进行探索的人。探险者通常是来自一个国家或文明最先到达某地方的人。也可以指冒险家、旅行家或者职业航海家、飞行员等等。探险的目的因人而异，可能包括军事、商业、学术、旅行、宗教等各种因素。

导　读

毒药能毒死人，这是众所周知的，谁都相信。可是如果说，毒气能吓死人，你会相信吗？接连两个人都在毫无征兆的情况下，突然离奇丧命。难道凶手真的是这种毒气吗？死者脸上又怎么会有那种惊恐异常的表情呢？案发当时，究竟发生了怎样的事情？

在这段时间里，福尔摩斯待在小别墅里，不是抽烟、空想，就是在村子里独自散步，一去就是好几个钟头，回来之后也不说他去过哪些地方。

我们曾做过一次实验，这终于使我对他的调查情况有了一些了解。他买了一盏灯，和发生悲剧的早晨在莫梯克·特雷肯斯房间里的那盏一模一样，尺寸、构造都相同。

他在灯里装满了牧师的住宅里所用的那种油，并且详细记录了灯油燃尽的时间。这是他的第一个实验。而他的另一个实验则使人难以忍受了，我永生不会忘记（为后文埋下伏笔）。

"华生，你还记得，"有一天下午他对我说，"在我们接触到的许多不相同的见闻中只有一点有相似的地方，这一点关系到首先进入那个作案房间的人都能感觉到的那种气氛。莫梯克·特雷肯斯描述过他最后一次到他哥哥家里去的情况，他说医生一走进屋里就倒在了椅子上。你记得吗？忘了？现在我可以解答这个问题了，情况应该是这样的。你还记得吗？女管家普特太太对我们说过，她走进屋子后也昏倒了，后来就打开了窗子。第二起案子——也就是莫梯克·特雷肯斯自己死了——你应该不会忘记，我们走进屋里就感到闷得厉害，尽管有仆人已经在我们之前打开了窗子。后来我了解到，那个仆人感到身体不舒服去睡觉了。你必须承认，华生，这些事实非常有启发性。它们证明了两处作案地点都有有毒的气体，两处作案的房间里也都有东西在燃烧着——一处是炉火，另一处就是灯。烧炉子是需要的，但是点灯——比较一下耗油量就会清楚了——已经是大白天了，为什么呢？点灯，闷人的气体，还有那几个不幸的人的遭遇，有的发疯，有的死亡。这三件事当然是互相有联系的。这难道还不清楚吗？华生，你再仔细想想，是不是这样？"

"看来是这样。"

"我们至少可以把这一点看作是一种非常有用的假设。然后，我们可以再假定，这两个案子中所烧的某种东西是能散发出一种气体的，这种气体产生了一种奇特的作用。很好！我们再联系一下这两个案子。第一案中——特雷肯斯兄弟家里——这种东西是被放在炉子里的。窗子是关着的，炉火自然会使烟雾扩散到烟囱。这样，中毒的情况就不如第二案中那样严重，因为在第二案的房间，据我检查，烟雾是无处可散的。看来，结果表明情况是这样的：在第一案中，只有女的死了，有可能是因为女性的肌体相对于男性来说更加敏感；另外的两个男子都精神错乱，不论是短时间内的精神错乱还是永远的精神错乱，显然都是因为毒药产生了初步的作用。而在第二案中，这种有毒的气体则产生了充分的作用。所以，从以上的分析看来，悲剧是由于燃烧而放出的毒气所致。所以，"在进行了这一系列的推断之后，福尔摩斯接着说，"我当然会在莫梯克·特雷肯斯的房间里到处查看，找一找有没有这种残留下来的东西，而最明显的地方就应该是油灯的云母罩或者是防烟罩。果然不出我所料，我在那上面发现了一些灰末，在灯的边缘发现了一圈没有燃尽的褐色粉末。你当时也看见我取了一半放到信封里。"

"为什么只取一半呢，福尔摩斯？你总是让我感到疑惑。"

"哦，亲爱的华生，我可不能妨碍官方警察的手脚。我把我发现的全部证物都留给了他们。毒药还留在云母罩上，只要他们有足够明辨的能力去找（语言描写体现福尔摩斯的谦虚低调）。华生，让我们现在把灯点上，不过先得打开窗子，以免我们这两个有价值的公民过早地送掉性命，请你靠近那个打开的窗子，然后坐在靠椅上，除非你像一个聪明人那样不愿参与这个实验。喔，我知道你会参加到底的，对吧？我想我是了解我的华生的。我把这把椅子放在你的对面，我们两人就面对面坐着，你和我与毒药保持相同的距离。房门半开着，你能看着我，我能看着你，只要不出现危险症状，我们就把实验进行到底。清楚了吗？好，我把药粉——或者说剩下的药粉——从信封里取出来，放在点燃的灯上。就这样啦！华生，我们坐下来，看看情况会怎样发展。"

没多久就发生事情了。我刚坐下就闻到一股浓浓的麝香气味，微妙而令人作呕。头一阵香味袭来的时候，我的脑筋和想象力就不由自主了。我眼前是一片浓黑的烟雾，但我心里还明白，在这股虽然看不见，却将向我的受惊的理性猛扑过来的黑烟里，潜伏着宇宙里一切极其恐怖的、一切怪异而不可思议的邪恶东西。那模糊的幽灵在浓黑的烟云中游荡，每一个幽灵都是一种威胁，仿佛预示着将有什么东西就要出现。一个从未见过的人影来到门前，几乎要把我的心灵炸裂开来，一种异常阴冷的恐怖控制了我，我感到我的头发竖立起来了，眼睛也鼓了出来，口张开着，舌头已经发硬了，脑子就像翻腾的沸水。一定有什么东西被折断了，我想喊叫，从遥远的地方传来的我自己的声音就像一阵嘶哑的呼喊，它离我很遥远，仿佛已经不属于我自己。就在这时，我想到要跑开，于是就冲出了那令人恐怖、令人绝望的烟云。

我一眼看到，福尔摩斯的脸由于恐惧而苍白、僵硬、呆板——我看到的是死人的模样，正是这一景象，使我在顷刻之间神志清醒，给了我力量，我甩开椅子，跑过去拖住了福尔摩斯。我们两人就一起歪歪倒倒地奔出了那间可怕的、恐怖的房间。过了一会儿，我们躺倒在外面的草地上。

这时候，我们只感觉到明亮的阳光射透了那股曾经围困我们的地狱般的恐怖烟云，烟云慢慢从我们的心灵中消散，就像雾气从山水间消失一样，直到平静和理智的阳光又回到我们的身上。我们并肩坐在草地上，擦了擦我们那又冷又湿的前额，两人满怀忧虑地互相对望着，端详着我们所经历的这场险遇留下来的最后痕迹。

"说实在话，华生！"福尔摩斯最后说，声音还在打战。

"我既要向你致谢又要向你道歉。即使是对我本人来说，这个实验也是大可非议的，对一位朋友来说就更加有问题了。我实在不应该，我的老朋友，亲爱的华生，我实在是非常抱歉。"

"你知道，"我激动地回答，因为我对福尔摩斯的内心从来没有像现在这样了解得这么深刻，"能够协助你，你知道吗？这使我特别高兴，格外荣幸（体现了福尔摩斯和华生的深厚友谊）。"

他很快就又恢复了那种半带幽默半带挖苦的神情，这是他对周围人们的一种惯常的态度。"亲爱的华生，叫我们两个人这样发疯，那可真是多此一举，"他说，"在我们着手如此野蛮的实验之前，诚实的观察者们肯定早已料定我们是发疯了。我得承认，我没有想到效果来得这样快，这样突然，这样猛烈。"他跑进屋里又跑了出来，手里拿着那盏还在燃着的灯，手臂伸得直直的，好使灯离他自己远一些。他把灯抛进了荆棘丛里。

"一定要让屋里换换空气。华生，我想你对这几起悲剧的产生不会再有丝毫怀疑了吧？"

"毫不怀疑。"

"但是，起因却依然搞不清楚。"福尔摩斯皱紧了眉头，"我们到那个凉亭里去一起讨论一下吧。"福尔摩斯转身走进凉亭。

"这个可恶的东西好像还卡在我的喉咙里，我们必须承认，一切都

证明是莫梯克·特雷肯斯这家伙干的，他是第一起悲剧的罪犯，虽然他是第二起悲剧的受害者。首先，我们必须记住，他们家里曾经闹过纠纷，随后又言归于好，纠纷究竟闹到什么程度，和好到什么程度，我们都不得而知。当我想到莫梯克·特雷肯斯那张狡猾而奸诈的脸，尤其是镜片后面那两只阴险的小眼睛，你就不会相信他是一个性情厚道的人。不，他不是这样的人。而且，你记得吧，他说过花园里有动静的话，那一下子就引开了我们的注意力，让我们放过了悲剧的真正起因。他的用心是想把我们引入歧途。最后一点，如果不是他在离开房间的时候把药粉扔进火里，那么，还会是谁呢？事情是在他刚一离开就发生的。你想一想，如果还有别人进来，屋里的人当然一定会从桌旁站起来。此外，在这宁静的康渥尔加，人们在晚上十点钟以后是不会外出做客的，所以，我们可以这样说，一切都证明了莫梯克·特雷肯斯就是嫌疑犯。"

"那么，他自己的死是自杀喽！"

"唔，华生，从表面上看，这种假设并非不可能。一个人给自己家里带来如此的灾难而自感有罪，也许会因为悔恨而选择自我毁灭的。可是，这里却有无法反驳的理由可以推翻这一假设。幸好，在英格兰有一个人了解全部情况。我已经做好安排，今天下午我们就能够听到他亲口说出真相。啊！他提前来了。"

"请走这边，里昂·斯特戴尔博士，我们在室内做过一次化学实验，使我们的那间小房不适于接待你这样一位贵客。"福尔摩斯笑着说。

我听到花园的门"吱嘎"一声响，这位高大的非洲探险家的威严身影就出现在小路上。他有些吃惊，转身向我们所在的凉亭走来。

"是你请我来的，福尔摩斯先生。我大约在一个钟头前收到了你的信。我来了，虽然我确实不知道我遵命到来是为了什么。是这样吗？福尔摩斯先生。"

"我们也许可以在分手之前把事情澄清，"福尔摩斯说，"此刻，你以礼相待，愿意光临，我是非常感激的。在室外接待你很是不周，还请你原谅。

我的朋友华生将和我给命名为《克尼斯的恐怖》的文稿增添新的一章，所以我们目前需要清新的空气。既然我们不得不讨论的事情或许与你本人密切相关，所以我们还是在一个没有人能偷听的地方谈一谈，你说好不好？"

探险家从嘴里把那一直叼着的雪茄取出来，面孔铁青，一动不动地看着我的同伴，仿佛有什么东西突然打了他一下似的。

"我不明白，先生，"他说，"你要谈的事情和我有什么密切联系吗？"

"莫梯克·特雷肯斯的死。"福尔摩斯盯着他说。

就在这一刹那，我真希望我全副武装，手拿武器才好。斯特戴尔那副狰狞的脸"刷"的一下变得鲜红，直瞪着两眼，额上一条一条的青筋都鼓胀起来了。他紧握着拳头直冲向我的同伴，接着他又迫使自己站住，竭力使自己保持一种冷酷而僵硬的平静。这种样子显得比他火冒三丈更加危险。

"我长期与野人为伴，不受法律的约束。"他说，"因此，我自己就是法律，这已经是习以为常的了。福尔摩斯先生，你最好不要忘记，因为我并不想加害于你，你应该记得以前发生的事。"

"我也不想加害于你，斯特戴尔博士。尽管我已经知道了一切，但我还是找你而没有去找警察。"

斯特戴尔直喘气，坐了下来，他畏缩了。

这在他的冒险生涯中恐怕还是头一次吧。福尔摩斯那种镇定自若，气定神闲的神态具有无法抗拒的力量。我们的客人霎时间张口结舌，焦躁得两只手时而放开，时而紧缩，就像一只被束缚的猴子。

"你是什么意思？"他终于问道，"如果你想对我进行恐吓，福尔摩斯先生，你可找错实验对象啦。我们别再拐弯抹角了，照直说了吧。福尔摩斯先生，你是什么意思？"

"我来告诉你，"福尔摩斯说，"我之所以要把这件事情告诉你，并把你招到这儿来，是因为我希望能以坦率换取坦率。"说到这儿，福尔摩斯稍微顿了一下，又说：

"我的下一步完全取决于你辩护的性质。"

"我的辩护？"

"是的，先生。"

"辩护什么呢？"

"对于杀害莫梯克·特雷肯斯的控告的辩护。"

斯特戴尔用手绢擦了擦他汗淋淋的前额（侧面烘托出福尔摩斯语言的威力）。"说实在的，你越逼越近了，"他说，"你的一切的惊人成就难道就依靠这种虚张声势的力量吗？真是那样的话，你可真是太小瞧我了，福尔摩斯先生。"

"虚张声势①的是你，"福尔摩斯严肃地说，"里昂·斯特戴尔博士，而不是我。我要把我的结论所依据的事实说几件给你听，借以作为佐证。关于你从普利茅斯回来，而把大部分财物运到非洲去的事，我只想提一点，这首先使我了解到，你本人就是构成这一戏剧性事件的重要因素之一，你的这一行动暴露了你。"

"我是回来——"斯特戴尔试图解释什么，但福尔摩斯却不想听，打断了他，说道：

"你回来的理由，我已经听你说过了。但是我认为这个理由是不能令人信服的，也是不充分的，这个蹩脚②的理由是根本站不住脚的，我们暂且不提它了。你那次来问我怀疑谁，我当时没有答复你，于是你就去找牧师。可是你却没有进去，只是在牧师家外面等了一会儿，最后你回到你自己的住处去了。"

"这……你怎么会知道的呢？"他不解地追问道。

"我在你后面跟着。"

———————————

① 虚张声势：形容假装出强大的气势。指假造声势，借以吓人。

② 蹩（bié）脚：指不圆滑的理由。

"可是，我并没有发现有人跟踪我。"他还在追问。

"既然我要跟着你，当然不能让你看见。"福尔摩斯的嘴角露出一丝笑容，轻松地说道，"你在屋里整夜地坐立不安，你拟订了一些计划，准备要在第二天的清晨执行，所以天刚刚破晓你就迫不及待地出了门。在你的门边放着一堆淡红色的小石子，你拿了几粒放进口袋就出去了。"

斯特戴尔猛然一愣，惊愕地看着福尔摩斯，呆住了。

"你住的地方离牧师的家大概有 1 英里远，你迅速地走完了这 1 英里的路程。我也注意到你穿的就是现在你脚上的这双起棱的网球鞋。你穿过了牧师住宅中的那个花园以及旁边的篱笆，出现在特雷肯斯住处的窗户下面。当时虽然已是天色大亮，可是屋里还没有一点动静。于是你从口袋里取出小石子，往上面的那个窗台上扔。"

斯特戴尔一下子站了起来。

"你干得像魔鬼一样出色！"他嚷道。

福尔摩斯对此表示赞同，并付诸淡淡一笑。

"在特雷肯斯还没有来到窗前的时候，你已扔了两把石子，也有可能是三把石子，你是在叫他下楼。他发现你之后，就赶忙穿好衣服，下楼到了起居室。你是从窗子进去的，你们俩会面的时间只有短短的一会儿。相会时，你不停地在屋里来回踱步。后来，你就出去，并关上了窗子，站在外面的草地上，抽着雪茄注视着屋里发生的情况。最后，等到特雷肯斯死了，你就又按原来的路返回了。现在，斯特戴尔博士，你能拿出什么证据来证明你的这种行为是正当的呢？而且你行为的动机是什么呢？如果你不告诉我真相，而是对我说了假话，或者是胡诌（信口胡编，随意乱说。诌，zhōu），我可以向你保证，我就永远不会插手这件事情了，我希望你考虑清楚，讲出实情。"

斯特戴尔博士听了这位控告人的一番话，脸色变得苍白。他坐在那里沉思着，两只手蒙住脸。突然他一阵冲动，从前胸的衣袋里取出一张照片，扔到了我们面前的这张粗糙的石桌上。

"我那样做，就是为了这个。"他说道，表情显得很痛苦。

这是一张半身的相片，相片上是一个非常美丽的女人的面孔。福尔摩斯弯下腰看了看相片。

"布罗达·特雷肯斯。"他说。

"对，是她，布罗达·特雷肯斯，"客人重复了一遍，"这些年来，我一直都在爱着她，而她也一直爱着我。这就是人们所惊奇的我为什么在克尼斯隐居的秘密所在。隐居在这里，可以使我接近自己在这世界上最心爱的一件东西。但是我不能娶她，因为我已经有了妻子，我的妻子离开我很多年了，可是根据令人悲叹的英格兰法律，我不能同我的妻子离婚。布罗达等了好些年，我也等了好些年，可是现在，我们却等到了什么样的结果，这一切太……"

他几乎说不下去了，一阵沉痛的呜咽震动着他那巨大的身躯。他用一只手捏住他那花白胡子下面的喉咙，随后又竭力控制住自己，继续往下说：

"牧师知道，他知道我们的秘密。如果你去问他，他会告诉你，她是一个人间的天使，因此当牧师打电报告诉我她的不幸之后，我就回来了。当我得知我心爱的人遭到这样的不幸的时候，行李和非洲对我还有什么意义呢？在这一点上，福尔摩斯先生，你是掌握了我的行动线索的。"

"说下去。"我的朋友说。

斯特戴尔博士从口袋里取出一个纸包，放在桌子上。纸上写着"Radix Pedis Diaboli"几个字，下面盖有一个红色标记，表示有毒。

他把纸包推给我，说："我知道你是医生，先生，这种制剂你听说过吗？"

"魔鬼之足！没有，从来没有听说过。"我为自己贫乏的知识感到羞愧。

"这也不能怪你，"他说，"只有一个标本放在布达（地名）的实验室里，在欧洲再没有别的标本了，药典里和毒品文献上都没有记载。这种药草长得像一只脚，一半像人脚，另一半却像是羊脚，一位专门研究药材的传教士就给它取了这个有趣的名字。非洲西部一些地区的巫医把它当作死罪判决法的毒物，严加保管。在很特殊的情况下，我在乌班吉专区得到了这一稀有标本。"

他边说边打开纸包，纸包里是一堆像鼻烟一样的黄色药粉。

"还有呢，斯特戴尔先生？"福尔摩斯严肃地问道。

"福尔摩斯先生，我把真实情况告诉你，你都已经了解了，事情显然和我利害攸关，应当让你知道全部情况。我和特雷肯斯一家的关系，我已经说过了，我和他们兄弟几人友好相处，是为了他们的妹妹。家里为钱发生过争吵，因而使莫梯克与大家疏远，后来又和好了。他阴险狡猾，诡计多端，有好几件事使我对他产生了怀疑，但是，我没有任何和他发生正面争吵的理由。

"两个星期前，有一天，他来到我住的地方，我拿出一些非洲古玩给他看。这种药粉我也给他看了，并且把它的奇效告诉了他。我告诉他，这种药会如何刺激那些支配恐惧情感的大脑中枢，并且告诉他，当非洲的一些不幸的土人受到部落祭司死罪判决法的迫害时，他们不是被吓死，就是被吓疯。而且当时欧洲的科学家也无法检验分析它。

"我不知道，他是如何取走这种药粉的，因为我没有离开过房间，但有一点是无疑的，他是在我打开橱柜，弯身去翻箱子的时候，偷走了一部分"魔鬼之足"。他接二连三地问我产生效果的用量和时间，可是我怎么也没有想到他是心怀鬼胎的。

"对这件事，我也没有放在心上，我在普利茅斯收到牧师发给我的电报，才想起了这一点。这个坏蛋以为我在听到消息之前，一定是早已出海走了，并且他以为我一到非洲，就会几年都毫无音信，那他就可以完全逃避制裁。可是我回来了，马上就回来了。我一听到这个消息，这些详细的情况，就可以肯定是他使用了从我这里偷走的毒药。我来找你，就是希望你能对此做其他的解释，可那是不可能的，不可能有其他的解释。我深信莫梯克·特雷肯斯是凶手，我深信他是谋财害命。如果他家里的人都精神错乱了，他就成了共有财产的唯一监护人，他就可以拥有这笔财富了。所以他对他的兄弟们使用了'魔鬼之足'，害死了他的妹妹布罗达。哦，布罗达，我心爱的人，也是最爱我的人。他犯了罪，应当受怎样的惩罚呢？

"我应当诉诸法律吗？求法庭给他惩处吗？可是，我没有证据，我能让人们相信他犯了罪吗？我知道事情是真的，可是我能使一个由老乡们组成的陪审团相信这一段离奇古怪的故事吗？也许能，也许不能，但我不能失败。我要报仇，为了我心爱的布罗达，我的心灵要求我报仇。

"我曾对你说过，福尔摩斯先生，我的大半生没有受过法律的约束。到头来我有了自己的法律，我要用我的法律惩罚这个做了坏事的人。

"现在正是这样。我认定了，他要为他所做的事情付出代价，他使别人遭到的不幸也应该降临到他的头上。要不然，我就亲自主持公道。

"现在，没有人比我更不珍惜自己的生命了（爱让斯特戴尔报仇心切，失去了理智）。我把一切都告诉你了，其余的情况是你本人提供的。正像你所说，我过了一个坐立不安、无法入眠的夜晚，一大早就出了家门。我预计到，把他叫醒十分困难，于是我从你提到的石堆里抓了一些小石子，用来往他的窗子上扔。他下楼来，让我从起居室的窗口钻进去，我当面揭露了他的罪行。我对他说，我既是法官又是执行死刑之人，这个无耻之徒就倒在椅子上。他看见我拿着手枪，便吓瘫了。我点了灯，撒上药粉，然后站在外面的窗口边等待着，如果他想逃走，我就给他一枪。不到五分钟他就死了。啊，天哪，他死啦！可是，我却心如刀绞，因为他受的痛苦，受的折磨，正是我那无辜的心上人在他之前已经受过的痛苦，受过的折磨。

"这就是我的故事，福尔摩斯先生。如果你爱上一个女人，或许你也会这样子的。现在我没什么要说的了，我听候你的处置。随你采取什么措施好了，要知道，我从不怕死。"

福尔摩斯默默地坐着，一言不发。

"你打算怎么办？"他最后问道。

"我原来想把自己的尸体埋在非洲中部，因为我的工作只进行了一半。"

"去完成你剩下的一半吧，我不会阻止你的，去吧。"福尔摩斯说。

斯特戴尔博士伸直了高大的身子，严肃地点头向我们致意，匆匆地离去了。

福尔摩斯递给我一袋烟丝，并且点燃了自己的烟斗。

"该换换口味了，没有毒的烟，使人愉快轻松。"他说，"华生，我想你一定会同意吧。我们不必再去干预这个案子，我们是自由的调查人，我们行动自主。你应该不会去告发他吧。"

"当然不会。"我回答。

"华生，我从来没有爱与被爱的经历，不过如果我曾经有过，如果我爱的女人遭此结局，我也许会像这位无视法纪的猎狮人一样。一定会的（这是福尔摩斯对这个案件的看法和感慨）……华生，有些情况，非常明显，我不再说下去了，免得给你添麻烦，使你心绪烦乱。牧师住宅的花园里的小石子与众不同，当然是进行研究的起点。白天燃着的灯和留在灯罩上的药粉是这一非常明显的线索上的另外两个环节。亲爱的华生，现在，我们可以不去管这件事了，我可以问心无愧地回去研究加底基语的词根了。"

阅读鉴赏

本章最精彩之笔是福尔摩斯揭发斯特戴尔博士害死特雷肯斯先生的经过。福尔摩斯步步紧逼，斯特戴尔一点点暴露，由恼羞成怒到防线崩溃，这个过程的变化描写得非常精彩。如当听到福尔摩斯跟踪自己并发现自己的罪行时，斯特戴尔一下子站了起来，嚷道："你干得像魔鬼一样出色！"当他不得不坦白自己的罪行，讲述自己对特雷肯斯小姐的深情时，"他几乎说不下去了，一阵沉痛的呜咽震动着他那巨大的身躯。他用一只手捏住他那花白胡子下面的喉咙，随后又竭力控制住自己"，很好地表现了人物心理的变化。

拓展阅读

鼻 烟

鼻烟是把优质的烟草研磨成极细的粉末，加入麝香等名贵药材，制作工艺十分考究。烟味分五种：膻、糊、酸、豆、苦。因为鼻烟放在鼻烟壶里容易发酵，所以一般把它用蜡密封几年乃至几十年才开始出售。

发疯的老教授

导 读

一位德高望重、温文尔雅的教授，突然之间变得乖戾易怒，行为异常。一向忠诚于主人的狗看见他就咬。这位教授为何突然发疯了？他身上究竟藏着什么不为人知的秘密呢？这一系列恐怖怪异而又令人费解的事件究竟是怎么回事？

我不是一个随随便便的人，所以福尔摩斯办过的案子虽有大量记载，我并不是都要公之于众的。一个人生活在社会之中，尤其是那些成为众人注目的杰出人物，不能因一点小问题而从此功败垂成。如果仅仅是这样，那我宁愿自己是一个保守秘密的人。但情况要比这个为难得多。最近，福尔摩斯先生一直劝说我公布布赖斯伯里教授的案子。有一段时间，这个案子对教授的声誉相当不利。为了正名，我必须给公众一个合理的解释，但解释之后又要发生什么样的事情无从预言。考虑再三，还是慎言为好。

记得那是 1903 年 9 月，周日夜晚，我突然收到一张福尔摩斯写的条子，其内容像他的思维一样让人无从思考：

请抽出一点时间来——没有时间也得有时间（字条内容有点霸道又有点可爱，这是只有挚友之间才会说出的话）。

S.H.

在多年的共同办案过程中，我其实只发挥了极其微小的作用，我只不过像他的烟斗、烟丝、案件记录、提琴一样为他服务。人们想到福尔摩斯时，必然会想起他的烟斗——以及他抽烟的神态——还有旁边陪伴他的我，这一切构成了一个和谐的整体。他喜欢对我讲他紊乱的思想——其实这是一个整理思绪的过程，如果没有人在场，他也照样可以完成这个过程。然而我的出现，我说的愚钝(愚笨迟钝，反应迟慢)的话，以及时常被他弄得夸张的语言和表情，似乎能帮助他挖掘自己超人的想象力。在他多年养成的办案习惯中，我也成了他的习惯之一。我和福尔摩斯的关系在多年的共同经历中就这样确定下来。

当我进入客厅时，福尔摩斯蜷坐在沙发上，把自己的身体缩成一团，放在不太宽大的位置上。这是他思考问题时的习惯动作，这样似乎可以帮他集中精力。口里吐出的烟雾更是把他封闭在一个属于他自己的世界里(用笔简洁，形象传神)。他本能地请我坐在我的老位置上，此后就再也没有理会我。我想他这时是不需要我的帮助的，就静下心来等他。大约半个小时以后，他突然从他的冥想世界中跳了出来，以古怪的笑脸迎接我的到来。

"请原谅我的失礼，华生，"他说，"一个人的思考真的需要他人的启发。此时我想写一篇有关警犬在破案过程中的卓越建树的论文，这个引起了我的兴趣。原因是有人给我提供了一些非常奇异的情况。为了能够解释这一现象，我开始思考比这些东西更深刻更抽象的理论。"

"不过，福尔摩斯，不要老生常谈了，"我说，"你不是搞这方面的专家，同时你也没有那个时间。"

"华生，一般的情况当然不用我们去讨论，但我发现了目前在理论上还无法解释的玄妙。还记得那个铜山毛榉案，你是怎么处理的？那个虚伪的父亲的作案规律是通过观察孩子的大脑活动方式推理出来的，我的做法也是常人无法理解的。"

"我当然记得。"

"对于狗的研究也得遵循这么一个规律。从那个案件中我就想到了，狗的品性也不是孤立的，它必然受到它赖以生存的环境的影响。主人的脾气禀性会感染狗。善良的主人会使狗变得温驯；而暴躁的主人，他的狗会给外人造成威胁。反之，我们可以用狗的品性来推及它的主人的品性。"

　　"你这套理论真是非常不可思议。"我表示不能同意他的看法。

　　但是他对我的意见置之不理，又重新思考他的这个奇谈怪论了。

　　"我思考的这个理论是对全人类都有普遍价值的。目前一个案子可能与这个理论有关系，可这个案子本身也很奇特，我还摸不着头绪。我正在思考一个反常的现象：为什么狗会咬它的主人呢？布赖斯伯里教授的爱犬洛伊咬了他。"

　　他提出这个问题真让我泄气。我还以为有多麻烦的问题使他百思不得其解呢！如此平庸的问题连最普通的人也能在三秒钟内给出答案，何须费这么多的精力，把我从自己的事情中拖出来，到这里陪他解闷。福尔摩斯已经猜出了我的心思。

　　"华生，不要这样！"他说，"我思考的这个问题也不像你想象的那么简单，你一定非常熟悉一个全国知名的教授——布赖斯伯里教授。他是剑桥大学著名的生理学教授，一位受人尊重的老学者。他非常爱他的狼狗，狗也非常亲近他。但是，狗怎么突然会改变这种常态呢？单是这一点就够让人琢磨半天的了。凭直觉，我认为不那么简单。"

　　"你多虑了，也许狗生病了。"

　　"这个我当然考虑到了。狗生病以后，它会对任何一个人发动攻击的——在它的眼里谁都一样。可是它只攻击布赖斯伯里教授，难道狗在它生病的时候能分清主人与他人的不同吗（为后文故事情节发展做了铺垫）？"

　　铃声响了。"看来普纳脱先生是非常急于解决这件事情的，没有到预约时间他就来了。"福尔摩斯说。

　　很快，我便听见了急促的脚步声，一位年轻的男人出现在我们面前。

个子很高且挺拔，面容清秀，一望便知这是一个很有修养的学者而非善于玩弄诡计的老手。很显然，他并不欢迎有第三者在场，他惊讶地望着我。

"福尔摩斯先生，我提前已经给你说过了，我不想让第三个人知道这件事情。考虑到教授的声望以及我对他的仰慕，还有整个家族的利益，我必须谨慎从事。"

"普纳脱先生，请原谅我没有提前向你说明这一情况。华生是我多年的工作伙伴，是一个能够保守秘密的人。如果没有他，有些案子我恐怕是无能为力的。"

"既然这样，我就不再多言。只要有利于案子的进展，就都由你做主吧。"

"让我来介绍一下。华生，这是布赖斯伯里教授的得意门生，他的助手，也是教授的乘龙快婿（旧时指才貌双全的女婿。也用作誉称别人的女婿），与教授住在一起。以他与教授的特殊关系，他有权利保守这个秘密，并且他也有义务和责任把这个奇怪的现象搞清楚。"

"这正是我所盼望的，福尔摩斯先生，我们把所有的希望都寄托在你的身上了。请问你的助手知道我们家的事情了吗？"

"我正准备告诉他时，你就敲门了。"

"那我需要再陈述一下基本事实，然后再向你报告这几天发生的事情。"

"由我来讲更好一些，"福尔摩斯说，"你可以检查一下我掌握的材料的准确性。教授因为在学术方面的成就而成为非常有影响的人物。他一生清白，为人正直，品行端正，他的妻子已经过世，只有一个叫依地斯的女儿。他果断刚强，为人争强好胜。这就是我们所熟识的教授，然而近来他却出现了违反常态的举动。

"不知是怎么回事，一个年过六十岁的人——我们可敬的教授疯狂地爱上了一个年轻漂亮的女人——他的同事，一位名叫墨尔菲的教授的女儿。如果考虑到这个姑娘——艾丽丝·墨尔菲是一个才貌双全（形容才学

（相貌都好）的少女，教授这样做也是可以理解的。然而这一行为却无法得到他的亲朋好友的认同。"

"我们的确不太同意。"

"在一般人看来这的确有些过激。女孩的父亲看中了教授的财产，女儿不仅仅看中这一点，她喜欢他倒并不是因为他的钱。只是年龄相差太大了。另外她还有几个热烈的追求者，他们与她倒是很般配的。"

"就在这时候，教授一反常态，出现了怪异的行为。他一声不吭就离家外出，不知去向。我们问他去哪里了，他拒绝回答。我收到了我的同学的来信，告诉我他在甫阿哥见到了布赖斯伯里教授，我们这才知道他的去向。他回来时非常憔悴，像是大病了一场。"普纳脱先生抢过来说（一系列反常变化都深深吸引着读者，推动情节往下发展）。

"还是由我陈述吧，"福尔摩斯说，"他从甫阿哥回来以后，突然变成了另外一个人，他变得偷偷摸摸的。家人和朋友都认为他不再是那个令他们敬重的老学者了。他几乎丧失了他的本性，变得乖戾易怒。但是他还是那么才华横溢，思维敏锐，令人叹服。他身上增加了一种新的因素，但这是一种凶兆。他的女儿依地斯小姐用尽了各种办法来阻止父亲的种种怪异行为，而普纳脱先生也是尽了自己的力量——然而一切都是徒劳的，教授越来越疏远他们。普纳脱先生，下面的有关信件的问题最好由你来讲述。"

"教授一向是非常信任我的，把我当作他的儿子一般看待，他相信我的人品。作为他的助手和秘书，我负责处理他所有的信件，把信件拆开并分类以便于他浏览。但自从那次神秘的出行之后，他就不允许我这么做了。他提醒我凡是从伦敦来的，邮票下画着十字的信不要拆开，而由他亲自拆看。所以在以后的工作中，如果发现了这类信件我都单独留下来。寄件人可能住在伦敦东区——这是邮戳的显示。其字体歪歪扭扭，非常幼稚。即使是这类信的回信教授也不允许我插手，教授很怕我知道信的内容，所以再三强调要我服从他的要求。这更增加了我的好奇心和疑惑。"

"再讲一下神秘的小盒子。"福尔摩斯说。

"那个小盒子更是不可探究。那是教授在那次出行时带回来的物品，也是他从欧洲大陆带回的唯一物品，非常精巧别致，是出自某国的手工艺品。教授很看重这个小盒子。有一次我去橱子里找东西，无意中瞥见了它，出于好奇，我拿起来看了一下，不料被教授撞上了。他极为恼火，冲我大吼大叫，恨不得揍我一顿——教授从来没有这样对待过我。虽然我一再向他解释我是无意的，但他始终没有原谅我，"普纳脱先生掏出一个笔记本，补充说，"这件事发生在 7 月 2 日。"

"这真是太好了！你给我提供了理想的材料，我想这对破案是非常有帮助的。"

"多谢你的夸奖，教授很早就教会了我如何观察事物的本质。在这件事上，我是按照系统论中的教导来做的。我觉得狗咬他的时间呈现出间隔性——7 月 2 日，7 月 11 日，7 月 20 日。我必须制止洛伊再次向他进攻，没有办法，我们把洛伊拴到了马厩里。其实洛伊是一个温驯可爱的家伙……"

普纳脱发现福尔摩斯似乎没有在听他说话，而是独自出神，旁若无人。他对福尔摩斯的态度有些不高兴，然而我的朋友仍旧我行我素。过了一段时间，福尔摩斯才由仙境转回人间（福尔摩斯沉浸在自己沉思问题的世界中，好像脱离了现实的世界）。

"真是闻所未闻！"他自言自语道，"普纳脱先生，这些情况我已经基本掌握了。你说又发生了新的情况，快给我说一下。"他又对普纳脱先生提出要求。

来者一听这话，脸色马上阴郁下来，看来所要讲述的事情并不比刚才的好。"前天晚上，大约凌晨两点钟，"他说，"我当时正睡醒了一觉，睁着眼躺在床上胡思乱想，蒙眬中听到楼道里传来由远而近的奇特的声响。我打开门想看一下究竟出了什么事情——教授住在楼道另一端——我很担心他的安全。"

"日期记得吗？"福尔摩斯很关心这个。

客人因为被打断讲话有些不悦。

"前天晚上——当然是 9 月 4 日。"

福尔摩斯很满意这个回答。

"请你继续讲吧。"他说。

"教授想要从他的房间到达楼梯口必须经过我的房间。我自信我是一个勇敢的人，但我还是被自己看到的景象吓得魂飞魄散。当时楼道的光线很暗，只有一丝亮光从窗子里射过来。我只模模糊糊看到一块东西在地上蠕动，而且是朝我这个方向而来。当这块东西移到光亮处时，我才看清竟然是教授！他深更半夜在楼道里爬行！不是一般的用膝盖和手，而是像动物一样用脚和手爬，头向下低着。其灵活性不亚于惯于爬行的动物，比如猫狗。我不知所措，直到他爬到我跟前，我才结结巴巴地问他是不是有什么地方不舒服。而他却不领我的情，反而愤恨地骂了我一句，从地上一跃而起，径直下楼去了。我怕他出事，等了好长时间也不见他回来。大概天亮后，他才回来（教授身上究竟发生了什么可怕的事情，使这位老人如此可怜）。"

"华生，你是一个医生。从医学的角度，你是怎么看这个问题的？"福尔摩斯把我当作了一个医学专家，专门拿这些稀奇古怪的东西为难我。

"如果是严重的风湿性腰腿痛，这样走路是比较舒服的。我遇到过这样一个病人，患者因为疾病而变得烦躁不安，易怒。"

"你的医学知识相当丰富。但是华生，你忽略了他是一跃而起的，风湿病患者行动不会这么敏捷。"

"他的身体状况一直很好，"普纳脱说，"最近一段时间更是精力旺盛。这样的行为不可能是因为疾病，可又实在解释不通。我们不能报告警察，可自己又做不出什么来帮他。我们不能看着教授这样而不去管他，依地斯和我最后决定来寻求你的帮助（不仅点出了事情的矛盾之处，也反映了他对教授十分关心的急切心情）。"

"这的确是奇特而且能激发人的想象力的案子。华生，谈谈你的看法。"

"从医学角度讲，"我说，"可能由于年龄相差过大的狂热恋爱，使教授遭受了过大的刺激。他的出走也许是为了排遣心中的郁闷。至于那个小匣子，可能存有不能公开的私人秘密。"

"可是狗不会关心主人的私人秘密的。这一切并不能解释狗为什么会咬他。"

福尔摩斯还没有发表完他的意见，一位小姐不期而至（事先没有约定而意外到来），被用人领了进来。普纳脱先生立刻站起来，迎过去，抓住了小姐的双手。

"依地斯，你怎么到这儿来了？"

"我好害怕，我忍受不了了！"

"请允许我介绍一下，福尔摩斯先生，这就是依地斯小姐——我的未婚妻。"

"都在我的猜测之中，我刚才正要告诉你们我的判断，"福尔摩斯说，"布赖斯伯里小姐，想必你又发现了更吓人的新事件了吧？"

这个漂亮的英国姑娘很得体地向福尔摩斯打了招呼，坐在普纳脱旁边。

"我本来是到旅馆去找普纳脱的，没有找到。我猜想他一定是到这里来了，所以我就赶到这里。福尔摩斯先生，请你一定救救我那可怜的父亲。"

"请你放心，我正在思考这个问题。你带来的消息说不定可以帮助我。"

"事情发生在昨天晚上。整整一天，他都神情恍惚（神志不清，心神不定），犹如梦游，他自己都不知道自己干了什么。他不再是我可敬的父亲，而变成了一个可怕的怪人。昨天晚上的举动证明他已经丧失了他的本性。"

"请你具体谈一下。"

"夜里我被洛伊异常响亮的叫声惊醒。我想这条狗实在太可怜了，被关在那种地方，它肯定是不乐意的。我的卧室在楼上，这是比较安全的地方。那天晚上，恰好我没有拉窗帘，月光又格外的好。我躺在床上盯着窗外，想着这段时间发生的稀奇古怪的事情。就在这时，我突然发现父亲正从窗口望着我，我吓得几乎不能发出任何声音。他好像攀附着什么东西，悬在窗口。如果他闯进来，我就会崩溃的。过了一段时间，我们一直对视着，谁也没有动，突然，他的脸又迅速消失了。我吓得一点力气也没有了，也无法鼓起勇气去寻找他的去向。他真的不是我的父亲了。第二天早晨他脾气暴躁，更让我心惊胆战。我再也不能在那个房子里待下去了，就找了个借口来找你们（让人急切地想知道下文还会发生什么奇怪可怕的事情）。"

福尔摩斯对小姐的陈述简直不敢相信。

"依地斯小姐，你的卧室是在楼上，很难相信在没有梯子之类的工具的帮助下，你的父亲是怎么上去的。"

"我也无法理解，园子里没有这类东西，可这并不是幻觉，他确实出现在窗口了（老教授的行为越来越离奇、怪诞）。"

"时间是 9 月 5 日。"福尔摩斯说。

依地斯小姐对福尔摩斯的话很惊异。

"福尔摩斯先生，你为何对出事的日期如此感兴趣呢？"普纳脱先生说，"它有助于搞清问题吗？"

"我想是这样的——但我还不敢肯定。"

"你是不是认为教授有某种间歇性发作的精神病？"

"不是的。请你把日记本留下来，我要好好研究一下日期的问题。现在咱们可以行动了，我想靠近教授仔细了解一下他的精神状态。小姐刚才不是说有时候他自己都弄不清自己的所作所为吗？我们不妨利用这一点去大胆地拜访他一次，就说是他邀请我们去的——至于到底有没有这样的事情，他自己也判断不清。"

"好主意，"普纳脱说，"不过这也够冒险的，谁知道他会有什么样的反应呢？"

"这就不用考虑了，"福尔摩斯似乎蛮有信心，"我们有充分的理由去会见他，如果小姐提供的情况是正确的话。我们明天就起程到剑桥，刻不容缓。那里我是非常熟悉的，有一家很精致的契可旅店，葡萄酒的口味让人感觉不错，但肮脏的环境却使人倒胃口。我们要在这样的环境里待一段时间了。"

时间这么仓促，使我手忙脚乱——我的一大堆工作必须进行妥善安排。我的朋友工作一忙，就忘记了别人。他光棍一条，无所牵挂，说走就走。但我出于他对工作的热情，是不会向他发牢骚的。我们顺利到达了那家旅馆。

"华生，我打算在午饭前拜访教授。根据他的课程安排，这个时候他应该下课回家休息了。"

"我们以什么名义去呢？"

"根据日记本上的记录，咱们可以在他的某段发病期谎称他曾邀请咱们来有事商议。如果他这段时间真是记忆减退的话，我们的计划就成功了。以他的身份，即使是不敢肯定真有其事，也不能拒绝我们。"

"那我们就行动吧！"

"华生，好好拿出你的表演才能，咱们得找个人带路。"

一个本地的马车夫驾着他那漂亮的车子，把我们送到了教授的住宅前。这座宅子气派非凡而且环境幽雅——院子里种满了紫藤，它代表了教授的地位。未进大门前，我们就已经看到一位老者从窗户里伸出头来看外面的动静——大概是猜测哪位客人来访，他给我们留下的最深刻的印象就是那穿人心肺的犀利的眼光，看到这双眼睛才知道此人的独特之处。等到进入大厅，一位举止稳重、身材魁梧、体格健壮的男子出现在我们眼前，他有着知识渊博者的气度，我们几乎看不出他有什么古怪之处，虽然这是吸引我们来这里的唯一原因。

这样举止稳重、气质非凡的教授，很难让人将他和前文中的恐怖故事联系起来。

我们递过名片，他浏览了一下："不知两位先生来此有何贵干？"

福尔摩斯说道："这正是我想说的话。"

"莫明其妙。"

"有人通知我来这里，说布赖斯伯里教授需要我们的帮助。"

"真的这样吗？"他的双眼闪出狡黠的光芒，"那么，请问通知你的这个人是谁？"

"请原谅我不能告诉你。如果搞错了也无须大惊小怪，我们马上就走，并向你致歉。"

"不用道歉了，我只是想弄清楚这个好管闲事的人是谁。你有什么凭据吗？"

"我没有。"

"这个人是不是说是我邀请你来的？"

"大概不能这么理解。"

"这是什么意思？"教授语气尖锐，"好了，不要绕弯子了。我会自己把问题弄清楚的。"

他狠狠地摁下电铃，召来了我们已经熟识的普纳脱先生。

"普纳脱先生，你有没有处理过一封寄给伦敦福尔摩斯先生的信件，或者说派人去过那里？"

"没有。"普纳脱先生因撒谎而显得不自然。

"这下我就全明白了，"教授用探究的目光盯着我们，"你们来这里到底干什么？"

"我只能说这是一个误会，我们马上就走。"

"就这么简单吗，聪明的福尔摩斯先生？"教授突然暴怒，霍地站了起来挡住了我们的去路，"不说清楚，休想离开！"他的脸几乎变了形，几乎想向我们扑过来。如果不是普纳脱先生及时控制事态的恶化，我们只有动武才能摆脱这个老头（老教授前后神态、举止的巨大变化让人匪夷所思）。

布赖斯伯里教授终于控制了自己的情绪，放我们一条"生路"。一场虚惊总算过去了，我们来到安静的马车道上，而福尔摩斯却表现得十分悠闲。

"这位令人敬仰的学者态度确实太恶劣了，"他说，"对我们的突然造访，他的反应太强烈。如果不是亲眼所见，真让人无法相信。华生，好像有人在追赶我们，是不是那个老头儿还不肯罢休？"

我转身看时，却发现是普纳脱先生，我们吊着的心才算放下。

他跑过来说："真是对不起，福尔摩斯先生。真想不到教授会这样。"

"你不必过于自责。我已经习惯了这类事件，这是调查中难免会碰到的情况。"

"教授变得越来越易怒、乖戾，不可理喻（没法跟他讲道理，形容蛮横或固执。喻，开导，晓喻）。这下你就明白我们的担心是不无道理的。看来他的脑子并没有糊涂。"

"而且是十分清醒，"福尔摩斯说，"我的推理出现了错误。他是明白他现在在做什么事情的，记忆力非常好。普纳脱先生，我们还想看一看布赖斯伯里小姐卧室窗子的位置，弄清教授是怎么上去的。"

普纳脱指给我们看说："左边数第二个窗子。"

"高度是够吓人的，但是墙壁上长有藤子，还有管道，这都是可以攀缘的。"

"可是这并不是一般的人能做到的。"

"是的。恐怕没有人能做到。"

"我还有一个重要的发现，我从教授的吸墨纸上搞到了那个伦敦人的地址。今天早晨教授又给他写信了。"

福尔摩斯扫了一眼普纳脱先生递过的纸条。

"好怪的姓——都阿科。这是一个重要的线索，我们马上回伦敦，已经没有必要在这里停留了，回去静观其变吧。"

"就这样消极等待吗？"

"如果我推断得不错的话，下个星期二是个危险时刻，我们需要保持警惕。到时候我们会来同你一块儿弄清事实的真相。另外，布赖斯伯里小姐最好能留在伦敦——她再也不能受到惊吓了。"

"我会安排的。"

"那你通知她吧。关于布赖斯伯里教授，不要理睬那么多。他愿意干什么就干什么——估计他不会做什么过激的事情。"

"教授来了！"普纳脱惊恐地说，他迅速钻过树丛回到教授身边。教授正从大门走出来，来回张望寻找他的助手。

"我觉得他已经意识到我们在调查他了，"福尔摩斯在回去的路上对我说，"他有着敏锐的观察力和判断力。他对我们的粗暴态度也不是没有道理。这件事换谁也会感到生气的——想到自己要受到秘密的审查——尤其是在他有不可告人的秘密的时候。普纳脱先生肯定会受到严厉斥责的。"

经过邮局时，福尔摩斯发了一封电报。当天晚上回电来了：

我已见到都阿科。随和，波希米亚人，六十多岁。经营一个大杂货店。

迈西耳

"迈西耳是我的第一个助手，"福尔摩斯说，"他负责处理一般事务。我派他去了解一下教授的通信对象，这也是关系到本案的一个重要线索（善于运用一切可以运用的力量，是福尔摩斯的聪明过人之处）。"

"总算是有点儿眉目了，"我说，"从表面上看，目前出现的种种情况：狗咬人，那个波希米亚人，在窗口出现的脸……似乎都关联不起来。至于日期问题，那只有你明白了。"

福尔摩斯像保守秘密似的冲我笑。此时，我们正品尝着那个旅店好味道的葡萄酒。

"那我就向你说说我的想法，"他说，"普纳脱先生的日记给了我很大的启发，它使我从时间上发现了某种规律——7 月 2 日第一次，此后几乎几天就发生一次，好像只有一次例外。我想这里面暗示着什么东西，绝对不是纯粹的巧合。"

我非常佩服我的朋友观察事情的能力（这个句子起到了承接上文、领起下文的作用）。

"由此，我就把这些毫不相关的事大胆地连在一起——教授可能在服某种神秘的药物，每九天用一次。他是想达到某种目的——普纳脱先生不是说这段时间他的身体格外好吗？但是这种药的副作用也是巨大的，使他变得举止怪异，性情更加暴躁。这种药是他那次神秘的甫阿哥之行带回来的，现在由那个波希米亚人为他提供这种药品。这就是我对这些事情的设想。"

"还有一些奇特的现象没有办法解释呢！"

"这要看到下星期二事态如何发展了。到那时候也许我们会使事件真相大白。现在我们无须理会这些烦人的事情，只消安心等待就是了。"

第二天早晨，普纳脱先生就来向我们讲述他的遭遇。教授虽未直接表现出对他的怀疑，但对他的恼怒与不满是显而易见的，时不时地就发脾气。这一切并未影响他的大脑，确切地说，他比以前更加健壮，脑子也更加灵活了。然而他已经不是让我们敬仰的教授了。

"你不用这么紧张，"福尔摩斯安慰普纳脱先生说，"这几天不会有什么大的动向。我和华生还有许多事情要办，我们必须回伦敦，到下个星期二我们会回来的——到那时我会找出问题的答案。你要随时告知我最新的情况。"

在以后的几天，我和福尔摩斯都各自忙着各自的事情。直到约定的时间，我们才一起赶往剑桥。路上，我们得知教授一切正常，没有发生令人不安的事情。我们仍旧住在那家旅店，普纳脱先生来拜访我们，说道："今天他又收到伦敦寄来的信和包裹，他不让我动。"

"这和我的设想是吻合的，"福尔摩斯说，"我看，今天晚上事情就清楚了。今天晚上我们大家谁都不许睡觉，严密地观察教授的行踪。普纳脱先生，当教授下楼梯的时候，你要悄悄尾随其后，千万不要让他发现你。我和华生就在园子里。还记得那个神秘的小盒子吗？它的钥匙在哪里？"

"在教授表链上。"

"教授所有的秘密可能都在这个盒子里，我们一定要搞清这个盒子里装的是什么东西。家里还有没有其他男人？"

"有一个名叫迈科非的马车夫，就住在马厩楼上。"

"通知他一声。现在我们就各自分头准备吧。普纳脱先生，请你要保持镇定。"

半夜里，虽然天气晴朗，月光很好，可是却很冷，我们就埋伏在教授家前厅正对面的树丛中。周围静悄悄的，这种无聊的等待很是乏味，幸好我们还存有对这个奇特案件的结局极为关注的好奇心，不然真不知如何度过这段时间了。因为马上就要揭露真相，福尔摩斯显得十分兴奋（福尔摩斯的这种现场揭露真相的精彩表演，每次都让读者非常期待）。

"按照九天的规律来推算，教授今晚又将出现怪异的行为了，"福尔摩斯说，"自从他从甫阿哥回来之后，他就染上了这种怪病，回来以后他时常收到伦敦那位商人的来信。包裹里寄的东西很可能是某种药物——我还不能断定这种药物是用来干什么的，但肯定是由甫阿哥的某人提供的。这种药每隔九天服用一次，这是我最先注意的一点。你是否注意到了他的指关节？"

我摇了摇头。

"从教授所从事的职业来看，他是不应该有那样一双手的——关节粗大又有老茧。一个人的手是和他所从事的职业密切相关的。什么样的职业才会有这样的手呢？"突然，福尔摩斯眼前一亮，恍然大悟（形容一下子明白过来。恍然，猛然清醒的样子。悟，心里明白）地说，"我终于想明白了，华生。我终于把那些看似不相关的东西联系起来了。狗，奇特的指关节，还有藤子。真令人难以相信，不过咱们可以亲眼看见了。你看，教授出来了。"

借着灯光，我们看见教授从前厅的门出来了。他站在门口，虽是直立，但两手不在身子的两侧，而是放在前面，整个身子正往前弓。

不一会儿，教授走到马路上时，他那高大的身躯却向下弯了，竟然像普纳脱先生说的那样用手和脚爬了起来，一点都看不出费力——似乎这样更舒服些。他爬到房子的尽头就拐过去了。我们看见普纳脱先生紧随其后。

"我们也跟过去。"福尔摩斯说道，于是我们也跟着前进，在树丛中找了一个可以看到教授的位置。月光正好照射着房子的这面，教授的举止行为被我们看得一清二楚。他爬到房子的墙根，然后一把抓住墙上的常春藤，迅速而敏捷地向上攀缘。他一会儿在这根藤上，一会儿又跑到另一边，显然他并不是想到哪里去，纯粹是类似于孩子的嬉戏。他在空中来回地

荡着，衣服敞开了，活像夜行的大鸟。很难想象这是上了年纪的人在表演。过了一会儿，他又沿着藤爬了下来，仍旧爬着往马厩去了——洛伊正拴在那儿。狗一见到主人，就突然狂吠起来，叫声里充满敌意。洛伊极力向教授扑去，把脖子上的链子扯得哗哗作响，狗毛都竖了起来。教授以奇特的姿态趴在狗刚好够不着的地方，他使尽了各种花招使狗更加暴怒起来：他用石头砸在狗身上，用棍子戳狗的脸。如果不是亲眼看到，这个享有很高声誉，具有无限威严的教授会以这种奇特的方式——趴在地上，通过招惹狼狗的方式来发泄他过剩的精力。狗已被教授挑逗到忍无可忍的地步，张着嘴恨不得一口咬住教授（这种怪异的变化给老教授带来了多么大的伤害和摧残）。

我们担心的事发生了——狗挣脱了束缚它的脖圈，链子掉在地上，人与狗就纠缠在一起，狗疯狂地撕咬，而人发出的叫声更令人恐怖。狗咬住了教授的脖子，死死不放，几乎要了教授的命。当我们赶上去搭救他时，他已经不省人事。普纳脱先生也随后赶来，喝住疯狂的狗，它才停止了进攻。吵闹声也使马车夫从屋里跑了出来。普纳脱先生给他提起过今晚可能发生的事，所以他看到我们时并不觉得奇怪，只是说："我知道早晚要出事的。可怜的教授，但愿他平安无事。"

我们几个人手忙脚乱地把教授抬到他的卧室后，我开始着手处理教授的伤口。狗虽然没有咬断他的动脉，但流血太多。普纳脱先生获得过医学学位，在他的帮助下，半个小时以后总算止住了从教授伤口流出的血，并给教授注射了镇静剂。一切恢复正常后，我们开始考虑下一步应该怎么办。

"教授的伤势并不轻，应该邀请一位外科专家来。"我说。

"这绝对不可以，"普纳脱说，"这件事情是不能泄露出去的，一旦公之于众，教授就会名誉扫地，还有这个家以及家族的名誉。"

"普纳脱说得对，"福尔摩斯说，"我们必须严守这个秘密。我们现在所要做的就是阻止类似事件再次发生。快把表链上的钥匙取下来，我们要看看那个小盒子里装的是什么东西。迈科非负责照顾好病人，随时报告情况。"

小盒子里的东西说明了一切——九个盛着液体的小瓶、一个注射器、一个空着的瓶子，还有那些神秘的信件。信封上都画着记号，无须细看，这一定是伦敦的那个波希米亚商人写的。内容都与药名有关，还有一些收据。可是有一封信却是与众不同的，上面贴的是奥地利邮票，寄自甫阿哥。福尔摩斯迅速拿出这封信，内容是：

尊敬的教授：

这一段时间我一再考虑你的要求，虽然我能理解你的处境，但我必须提醒你，服用此药有不堪设想的副作用，希望你考虑清楚。本来，使用类人猿的血清，效果更好些，因为类人猿是直立行走的。但我这里只有黑面猿的标本，而黑面猿属于善爬行和攀登的动物。

此种药物还处于试验阶段，请不要向外人提起这件事。你的药物由我在美国的经纪人都阿科提供。

请按时告知你的身体状况。

此致

敬礼

H. 罗文·斯坦

"啊，福尔摩斯先生，非常感谢你。问题总算解决了。"普纳脱先生说。

"真正的根源却是教授这种疯狂的恋爱——年龄上的巨大差距使他固执地认为，只有使自己恢复青春才能获得爱情。然而自然的规律是不能违背的，谁要是企图超越它，谁就会被抛进更深的深渊。一个聪明的人聪明过了头就会变得迂腐可笑（生老病死都是自然规律，是无法违背的）。"福尔摩斯盯着瓶中透明的液体思考着，说，"我得向这个人表明自己的观点，这样做是对人类的犯罪，我们要让他结束这个可怕的药物研究，但我们却阻止不了更多的人会产生相同的想法——超越大自然的规律，凌驾于宇宙之上。这真是太可怕了，如果那些享尽了人间荣华富贵的人，因为留恋人间的种种物质享受而靠某种药物长生不老，而有更高精神追求的人又不能这样的话，那我们的世界岂不是变成了庸人的天下！"

福尔摩斯从椅子上站起来，"好了，我们把每个疑点都搞清楚了。狗的嗅觉是灵敏的，它最先发现了教授的变化。在洛伊眼里，教授已经不是主人，而是猿猴，所以它要向他进攻。至于教授的攀缘游戏就不言而喻（不用说话就能明白，形容道理很明显）了。华生，任务完成了，我们可以回家了。"

阅读鉴赏

在艺术手法上，本章在描摹人物情态、刻画人物语言方面比较突出。如对布赖斯伯里教授语言和举动的描写，很好地刻画了一位突然间性情大变但又在极力维护自己形象的教授形象；通过对普纳脱的言语举动的描写，一位彬彬有礼、博学而有涵养的青年学者的形象跃然纸上。尤其对福尔摩斯的描写，作者从语言、神态和动作等多个方面，表现了他沉着冷静、思维敏捷的特点。

拓展阅读

紫 藤

紫藤，别名藤萝、朱藤、黄环。属豆科、紫藤属。春季开花，青紫色蝶形花冠，花紫色或深紫色，十分美丽。紫藤对生长环境的适应性强。在中国主要分布在陕西、河南、广西、贵州、云南等地。

读 后 感

大侦探福尔摩斯

王壮壮

《福尔摩斯探案选集》真是一部引人入胜的书。

我想说很少有什么书如此扣人心弦。一拿起这部书，就进入了一个扑朔迷离的世界，让人非得一口气读完不可。这部书由多个独立的小故事构成，故事虽然不同，但个个都很精彩，相同之处还有，每个故事的结局都出人意料，但完全又在情理之中，读完之后，还会不自禁地久久回味。

故事是精彩的故事，但主角都是一个，就是大侦探福尔摩斯。这个家伙实在是了不起，不仅学识渊博，而且观察力超强，思维也异常严密，不论罪犯多么高明，他总能找到破案的蛛丝马迹，简直就是神而不是人。这家伙除了让人佩服之外，也值得让人向他学习。虽然他的好多本事，不是想学就学得来的。但是他的很多优点，我们还是可以试着去学习，如果学到一些，对自己肯定大有好处。

他广博的知识让人佩服，也值得学习。或许他的某些知识，我们学不到，或者今天学来也用不上。但我们可以由此得到一点启发，那就是一个人要具备过硬的本事，首先得有足够的知识。如果认识到这一点，并且在以后的学习中鞭策自己，也就相当于向他学习了。

在读过《福尔摩斯探案选集》之后，我对这个大侦探产生敬仰之情的同时，也得到不少收获和启示。

考点精选

一、选择题

1. 华生与福尔摩斯第一次见面的地点是（　　）

　A. 医院　　B. 实验室　　C. 贝克街　　D. 卧室

2. 下面关于华生对于福尔摩斯的总结不正确的一项是（　　）

　A. 文学知识无，哲学知识无

　B. 天文学知识无，政治学知识浅薄

　C. 化学知识精通，解剖学知识熟悉，但不系统

　D. 惊险文学知之甚少，小提琴不甚熟练

3. 下列案件中，嫌犯是为爱情而杀人的是（　　）

　A. 血字的研究　　　　B. 六座拿破仑半身像

　C. 丢失的海军密约　　D. 最后一案

4.《复仇的恋人》一案中，露茜被迫嫁给的人是（　　）

　A. 侯波　　B. 倍波　　C. 小瑞伯　　D. 约瑟夫·斯坦节逊

二、填空题

1. 福尔摩斯在（　　　　　　　　）案子中复活。

2. 华生与福尔摩斯居住的具体地点是（　　　　　　　　）。

3. 福尔摩斯的创造者是（　　　　　　　　），在转向写作之前他的职

　业是（　　　　　　　　）,他的第一部侦探小说是（　　　　　　　　）。

4. 福尔摩斯系列包括：（　　　　　　　）《四签名》（　　　　　　　　）

　《巴斯克维尔的猎犬》《恐怖谷》（　　　　　　　　）《冒险史》等。

5. 列举两个见利忘义、为了金钱而抛弃亲情的案子：（　　　　　　　）

　和（　　　　　　　）。

三、判断题

1. 福尔摩斯在坠崖死里逃生后，一直都在他的弟弟的掩护下进行查案、生活。（　　）

2.《克尼斯的恐怖》一案中，莫梯克·特雷肯斯先生是自杀。（　　）

3.《发疯的老教授》一案中，布赖斯伯里教授服用的药物中含有黑面猿的血清。（　　）

参考答案

一、选择题

1. B　　2. D　　3. A　　4. C

二、填空题

1. 空屋

2. 贝克街 221 号 B 或贝克街 221 号乙

3. 阿瑟·柯南·道尔　医生　《血字的研究》

4.《丢失的海军密约》《最后一案》《六座拿破仑半身像》（答出任意三篇均可）

5.《丢失的海军密约》《克尼斯的恐怖》

三、判断题

1. 错误。应该是他哥哥。

2. 错误。不是自杀，是被斯特戴尔博士杀死的。

3. 正确。

编者声明

    本书由全国资深教育专家和百位优秀一线教师为广大学子精心制作，在编辑的过程中，我们参阅了一些报刊和著作。但由于联系上的困难，加之部分作者的通信地址不详，一时未能与某些作者取得联系。在此谨致歉意，并敬请作者见到本书后，及时与我们联系，我们将按国家相关规定支付稿酬。

"超级阅读"编辑部

联系电话：010-51650888

邮箱：supersiwei@126.com